ANDREA ANTONELLO

BACI A TUTTI

Sperling & Kupfer

Realizzazione editoriale a cura di Studio Editoriale Littera.

BACI A TUTTI

ISBN 978-88-200-5800-5

I Edizione marzo 2015

Anno 2015-2016-2017 - Edizione 1 2 3 4 5 6 7 8 9 10

A chi mi ha dato la vita, mamma e papà.

Indice

1

Bignè, acqua gassata, una sedia e due carabinieri

NON ho fatto niente di male, credo. Ma come al solito qualcuno mi guarda.

Sto solo seduto qui fuori, sulla sedia del bar, il sole mi riscalda. Tutti dicono che sono giornate speciali, che è ancora estate, anzi, che «l'estate che c'è adesso doveva esserci due mesi fa!» E infatti fa caldo. Però sto bene.

Il bignè era buono e l'acqua gassata era fresca. Ho dovuto togliere il limone e appoggiarlo sul bancone. Il barista mi ha guardato mentre lo facevo, poi ha fatto un sorriso tirato, ha preso lo spicchio di limone e l'ha buttato nel lavandino con un gesto secco, ma senza arrabbiarsi. Buon segno, vuol dire che non avevo fatto niente di male.

Lui non mi conosce, non sa che il limone non lo voglio, voglio solo l'acqua, semplice, anche quando me la mettono nel bicchiere. E io non gliel'ho detto. Ero troppo concentrato a dire le parole giuste per farmi dare l'acqua. Ho detto anche «per favore»?

Forse.

Non mi ricordo.

Comunque poi ho preso anche il bignè e sono uscito. Il barista ha continuato a guardarmi, lo so. Perché? Boh.

Manca qualcosa, a questo punto, chissà che cosa. È difficile ricordarmi tutto, quando sono solo. Ma ora sono seduto qui. E non mi sono mosso più. Non ho fatto niente di male. Sto qui e qualcuno verrà a cercarmi.

E allora perché i carabinieri?

Se ne stanno lì, fermi, sotto il sole, dall'altra parte della strada. Fingono di non guardarmi, ma mi tengono d'occhio. So che sono qui per me. So che è stato il barista a chiamarli. È venuto fuori a osservarmi una, due, tre volte. Io non mi sono voltato, ma sentivo che c'era. E che era preoccupato. Mi osservava, ma senza dirmi nulla. Se mi avesse parlato avrei risposto, questo lo faccio sempre: ripeto le cose che mi dicono, se non sono domande, così capiscono che li sto ascoltando. Se invece sono domande... dipende: a volte dico «sì», a volte «no», poi capisco se ho risposto bene dalla reazione che ha l'altro. Qualche volta cambio la risposta.

Il barista però non mi ha rivolto la parola. Ha solo continuato a guardarmi, a sorvegliarmi, come un insegnante di sostegno senza idee che si limita a evitare che io faccia danni.

E poi ha chiamato i carabinieri. Ho sentito che telefonava. Più gli altri cercano di non farsi sentire più io ascolto. E ascolto anche i loro pensieri dietro le parole e dietro i gesti. Non posso farne a meno. Una volta l'ho scritto, a papà:

Sono autistico. Tutti hanno i propri pensieri, io ho i pensieri di tutti

E adesso ascolto i pensieri dei due carabinieri. Lo faccio da quando sono comparsi dalla piazza, sulla loro macchina scura, le facce preoccupate, l'aria pronta. Ho proprio pensato che se erano venuti per me adesso mi avrebbero sgridato ben forte. Ma poi sono scesi e uno dei due mi ha subito riconosciuto e, continuando a fissarmi, ha trattenuto l'altro per un braccio e gli ha sussurrato: «È Andrea, lo conosco. È un ragazzo handicappato».

«Davvero? Non sembra!»

«È il figlio di Franco Antonello. Di solito non fa niente di male. Qui lo conoscono tutti...»

«Tutti no. Il barista no.»

«Ci penso io, al barista. Poi chiamiamo il padre.»

Io tenevo la testa bassa, non li guardavo. Per questo parlavano abbastanza forte e potevo ascoltarli. Non so perché, la gente se non la osservi pensa che non la noti e non la senti.

Il carabiniere che mi conosce è entrato nel bar. Sentivo bene il barista che gli parlava e lui che gli rispondeva, rassicurandolo.

«Niente di male. Vabbè, non ha pagato. Ha preso la pasta senza chiedere e si è messo fuori. Ha bevuto, ha mangiato. Ma adesso è lì da più di mezz'ora, mezz'ora di orologio.»

«Ho capito.»

«Mi sa che si è perso. Se non gli diciamo niente non va più via. Non so se sa dov'è casa sua...»

«Ci pensiamo noi, non si preoccupi. Conosco il padre, una bravissima persona. Di solito è con lui, magari è scappato e lo stanno cercando. Ora lo avviso, viene lui, paga e porta via il figlio. Intanto lasciamolo in pace.»

E infatti mi lasciano in pace. O così credono. Il carabiniere ha parlato con papà, molto gentile. Poi si sono messi lì, dall'altra parte della strada, fermi. Non mi parlano. Non sanno come potrei reagire.

E se si arrabbiano? Forse dovevo alzarmi prima. Se lo faccio adesso si spaventeranno. Una volta con la scrittura facilitata ho risposto a Lisa, che mi faceva da assistente:

COSA TI PIACE GUARDARE ALLA TELEVISIONE?
Solo sto e sentimenti guardo

Lo sto facendo anche adesso. Come se tutti, qui, stessero davanti a me su uno schermo. E io non guardo loro solo per come appaiono: *sento* i loro sentimenti nella mia mente.

Passano due signore, con la borsa della spesa. Guardano i carabinieri, guardano il bar.

«Ci sarà stata una rapina», dice una.

«Ma no, sembrano tutti tranquilli.»

Tra i tutti ci sono anch'io. Ma non è vero che sono tranquillo. Sto pensando. Se non ho fatto niente di male allora c'è qualcosa che dovevo fare e che ho dimenticato. Ma cosa? Sarebbe bello ricordarmelo prima che arrivi papà. L'acqua l'ho bevuta. Non l'ho buttata per terra. Una volta lo facevo e la mamma si arrabbiava:

PERCHÉ BUTTI SEMPRE PER TERRA L'ACQUA DALLE BOTTIGLIE O DAL BICCHIERE?
Voglio bere tutto nosete

Non capiva la risposta. Aspettava che la correggessi. Quando non lo facevo, lei perdeva un po' la pazienza.

SE NON HAI SETE NON DEVI VERSARE PER TERRA QUELLO CHE NON RIESCI A BERE. ANCHE PERCHÉ POI LO FA ANCHE ALBERTO. NON SI FA. OK?
Si mamma, io bravo.

Sono sicuro di aver bevuto. Allora forse mi devo alzare. Forse devo salutare il barista. Forse devo pulire qui, l'acqua è scesa lungo il bordo del bicchiere e ha bagnato il tavolino. Ora la spargo con il dito e disegno una figura con l'acqua sul piano scuro.

Intanto faccio attenzione ai carabinieri. Hanno già perso la pazienza, guardano gli orologi. Sono davvero buffi. Adesso mi rendo conto che sta venendo fuori un bello scherzo. Speriamo che poi si mettano a ridere anche loro, come viene da ridere a me.

È devastante quando la gente si arrabbia. Quando papà mi ha chiesto quale fosse il mio gioco preferito, con la scrittura al computer gli ho risposto:

gioco degli arrabbiati con andrea

Arriva papà, di corsa.

«Buongiorno!»

Sorride, stringe le mani, mi guarda e sorride anche a me.

«Sa, non siamo intervenuti... ma c'era la chiamata...»

«Grazie, scusate. Adesso andiamo. Vedo se c'è qualcosa da pagare. Ogni tanto lo lasciamo andare da solo. Prove di autonomia.»

Alla parola «autonomia», come al solito, tutti annuiscono seri.

E io ricordo, adesso sì. Stavo andando ad arteterapia. Da solo. E mi è venuta sete. Poi dentro c'era il bignè...

Che fatica.

L'ho scritto, una volta, a Lisa:

Io ho lisa poca capacità di fare

«Saluta il signore!»

Saluto.

Ora il barista è più tranquillo. Papà non mi sgrida. Dev'essere una buona giornata, per lui.

«Testone!»

Cammino qualche passo davanti a lui.

Ho forte rumore nella testa

2

Bronzi di Riace

C'È una foto di me, scattata quest'estate da papà. La guardo sullo schermo del suo computer.

Sono di spalle, jeans e maglia leggera verde con le maniche lunghe. Non mi si vede in volto, ma non si sbaglia, sono io: si vedono i miei capelli ricci e neri, fitti fitti. Queste sono le mie spalle larghe e la mia schiena forte, ben arcuata. La gamba sinistra è leggermente piegata e così appoggio il peso del corpo su quella destra. Perciò la chiappa destra è sbilanciata verso l'alto.

Davanti a me, di spalle anche lui, si vede uno dei due Bronzi di Riace. Nudo, lui, con solo un elmo in testa.

Eravamo nel Museo archeologico di Reggio Calabria, io, papà e le due famose statue. Papà mi ha messo in posa dietro alla statua nella sua stessa posizione. Così guardando la foto si può fare un paragone tra il mio corpo e quello dell'antico guerriero greco.

L'uomo della statua ha le mie stesse spalle dritte, i miei stessi capelli ricci abbondanti che spuntano ribelli da sotto il casco, la stessa gamba sinistra un po' piegata e la stessa chiappa destra più alta della sinistra.

Lo guardo e sorrido.

Anche lui è bello, quasi quanto me.

Chissà come gli è venuto questo fisico che tutti ammirano. A me è venuto perché cammino sempre sulle punte dei piedi. Rafforza tutti i muscoli del corpo, sostiene papà, dai polpacci alla testa.

«Prova tu a camminare così!» dice agli amici. E loro sorridono e scuotono la testa per la mia ennesima stranezza. No, pensano, solo Andrea ce la può fare.

Ma io non lo faccio apposta. Questa cosa di camminare così mi viene naturale, come mille altre cose mie. Non potrei immaginare di camminare diversamente.

Poi a farmi il fisico c'è il tanto sport, che mi piace sempre. La piscina. La canoa. La corsa.

Se andiamo a correre, l'unica che mi sta dietro è la mamma. Abbiamo corso tanto, insieme, quando ero più piccolo. Allora ero un disperato, non stavo mai fermo, ero imprevedibile. Non mi si poteva lasciare solo nemmeno un secondo. Perciò mamma mi portava a correre con lei, così mi teneva occupato. Lei dimenticava la sua fatica, lo stress, e pensava alle prossime mosse da giocare con me; io mi concentravo su un'azione sola e per un po' stavo meglio.

Nei periodi peggiori uscivamo anche due volte al giorno.

Io sono bello, fuori.

In un'altra foto, stesso luogo, stesso giorno, papà mi ha ripreso di fronte, e dietro di me c'è ancora il Bronzo di Riace della foto di prima. I miei pettorali non si vedono, per via della maglia. Ma si indovinano. E anche da questo lato siamo belli tutti e due.

Dico spesso «Ciao bello! Ciao bella!» a tutti quelli che incontro.

Non sempre mi rispondono. Spesso restano incantati, mi fissano bene per capire se scherzo, se li prendo in giro. Poi chi capisce che parlo sul serio risponde con un «Ciao».

I più divertenti sono quelli che non ci pensano nemmeno un attimo, quelli che rispondono automaticamente perché se uno ti saluta tu saluti. Punto. Anche voi normali dovete pur avere qualche buon automatismo!

Comunque, anche se la bellezza vera è quella interiore, so che sono bello. So che il mio aspetto non spaventa nessuno. Tutti mi vedono volentieri e chi non mi conosce mi guarda con interesse, soprattutto le ragazze.

Ciò che spaventa tanti è nella mia testa.

È lì che devo migliorare.

3

Obiettivi scritti (!) belli chiari

ESTATE del 2012, vacanze in Sardegna.

Papà vuole che scriviamo insieme anche per guardare avanti, per fare progetti:

ANDREA, IL PROSSIMO È L'ULTIMO ANNO DI SCUOLA.
QUALI SONO I TUOI OBIETTIVI?
Trovare le compagne
Studiare bene senza disturbare
No crisi
Pittura artista fare mostra
Basta

E CHE NE DICI DI:
- SCRIVERE AL COMPUTER CON TUTTI I MAESTRI E LE COMPAGNE
- AUTONOMIA NELL'USO DEI SOLDI
- STARE IN CLASSE TUTTO IL TEMPO INVECE DI USCIRE FUORI PERCHÉ TI AGITI E NON SANNO COME TENERTI
- PARLARE CON PIÙ CALMA E IN MODO COMPRENSIBILE
- NON TOCCARE DI CONTINUO LE PERSONE
- SCRIVERE IL TUO NOME DA SOLO
- PAGARE LE COSE CHE PRENDI NEI BAR E NEI LOCALI
- METTERE IN ORDINE LE TUE COSE?

Va bene
No facile

ANCHE IO E ALBERTO E LA MAMMA ABBIAMO OBIETTIVI NON FACILI...
QUESTI SONO I TUOI, D'ACCORDO?
Prova Andrea

SI DICE PROVO. NON SEI TU ANDREA?
Andrea provo io

MA TU SEI ANDREA O NO?
Sono Andrea
Io

MENO MALE

Questa pagina l'abbiamo scritta in un'ora.
Funziona così.
Chi scrive con me batte le sue frasi e le sue domande sulla tastiera del tablet. Sullo schermo compaiono le sue scritte in maiuscolo e io le leggo.
Leggo in fretta, in un momento, e capisco tutto.
Fin qui è facile.
Poi tocca a me. E qui la cosa si fa lenta.
Io vedo nella mia mente le parole delle mie risposte, ma è difficile farle uscire fuori. Per me è una conquista:

Vedo le parole e non riesco a dirle caos andrea mette in ordine
Vero tiro a lotta con autismo

Scrivo da tanti anni, sempre con fatica, ma scrivo. Imparare è stato difficile, un lungo percorso che ancora continua. Ma non mi sono mai arreso perché scrivere è l'unico modo, per me, di dialogare con gli altri. Lo posso fare grazie a un metodo che sta aiutando tanti autistici come me a esprimersi e a parlare di se stessi al mondo che li circonda. Si chiama «scrittura facilitata» o «comunicazione facilitata» perché, per sbloccare il gesto con cui batto ogni volta una lettera sulla tastiera – per formare le parole delle mie risposte a chi mi interroga –, bisogna che qualcuno mi affianchi e mi stimoli, cioè mi faciliti il compito di vincere le resistenze del mio corpo.

Nei primi anni questa persona, il «facilitatore», guidava la mia mano. Poi è bastato che mi toccasse l'avambraccio, poi il braccio, poi la spalla. Oggi basta che mi sfiori il fianco o, se siamo seduti, una gamba. Ma è comunque necessario che io senta la sua presenza, se no mi blocco ogni volta che devo muovere la mano.

A volte, nel lungo lavoro per imparare, mi sono scoraggiato. Una volta scrivevo con Lisa, l'assistente che anni fa mi faceva da facilitatore:

COME STAI, ANDREA?
Da cani

E PERCHÉ DA CANI?
Sono stanco e depresso

C'È UN MOTIVO PARTICOLARE?
Sono stanco con comunicare difficile con tutti

PERÒ AL COMPUTER UN PO' PARLIAMO
Ma fare no facile e io sconfitto
ho fatica a controllare
la mente va e io no

SEI BRAVO INVECE, PERCHÉ TI IMPEGNI.
CON CHI VORRESTI COMUNICARE IN PARTICOLARE?
Papà, mamma, compagni e belle bambine

Belle bambine!

Avevo dieci anni quando ho scritto queste parole. Allora già scrivevo senza bisogno che il facilitatore mi guidasse la mano con il dito puntato a scegliere una lettera alla volta. Per ricordare al mio corpo di muovere il braccio e la mano, a dieci anni, come dicevo, bastava che chi mi stava vicino mi toccasse l'avambraccio.

Ma ci voleva comunque tanta pazienza!

I progressi in questo esercizio sono stati costanti. Ma cinque anni dopo, a quindici anni, l'operazione non era comunque meno faticosa:

No scrivere vedo di tanta fatica fare

COSA È TANTO DIFFICILE NELLA SCRITTURA AL COMPUTER?
Vedere le parole sul video

COSA TI PROVOCA VEDERE LE PAROLE SCRITTE?
Emozione agito di cuore

TU TI EMOZIONI NEL MOMENTO IN CUI TI RENDI CONTO CHE SAI SCRIVERE. È VERO?
Fifa fare grandi discorsi, vado piano. Via facile è
Ho il naso grosso

CREDO TU ABBIA SOLO IL RAFFREDDORE.
NON PREOCCUPARTI PER LE COSE CHE SCRIVI.
VA BENE QUALSIASI COSA TU PENSI. E SE NON CAPIAMO PROVIAMO A SPIEGARCI A VICENDA. OK?
Io agito di spiegare tutto

Due anni dopo, ancora fatica. Questa volta dialogando con la mamma e con Chiara, la psicologa che da anni mi fa da facilitatore, al mio fianco:

CIAO ANDREA, COSA HAI DA DIRMI?
Sei arrabbiata

SÌ, SONO ARRABBIATA CON TUO FRATELLO CHE NON SI IMPEGNA A SCUOLA. E ANCHE CON TE CHE TI FAI PREGARE TROPPO PER DIRCI QUALCOSA AL COMPUTER.
PENSI CHE HO RAGIONE? DIMMI LA TUA OPINIONE.
Devo fare violenza a mia testa per sedere di fronte video e scrivere miei disagi di contenere tutte stereotipie

LO SAPPIAMO, MA SIAMO QUI PER AIUTARTI E, PERCHÉ DIVENTI PIÙ FACILE, DEVI ALLENARTI MOLTO. CI DOBBIAMO IMPEGNARE OGNI GIORNO. TI VA DI IMPARARE A COMUNICARE BENE?
No duro lento lavoro

E IO INVECE TI DICO CHE VOGLIO CHE TI IMPEGNI PER IL TUO BENE. NON SI DISCUTE SE RISPONDI COSÌ.
Cattiva ti dico obbedisco

Pausa di silenzio. Io resto con lo sguardo rivolto verso il basso. Mamma si controlla, riflette. Poi scrive ancora:

C'È UN SISTEMA PER COMUNICARE MIGLIORE DELLA SCRITTURA?
Leggere pensieri dalla testa di Andrea Antonello buon metodo

NOI UMANI NON SAPPIAMO LEGGERE IL PENSIERO. E TU?
Sì, trasformo gesti e reazioni di umore

Mamma a questo punto perde la pazienza. Sembra non credere neppure lei che io so leggere davvero nel pensiero della gente:

COMUNICARE VUOL DIRE CAPIRE ANCHE COSA LE PERSONE DESIDERANO E VOGLIONO DAGLI ALTRI, E NOI ABBIAMO BISOGNO DI PIÙ COMUNICAZIONE CON TE, NON SOLO INTERPRETARE UMORI...
No sono bravo

PER QUESTO SCRIVIAMO...

Oggi scrivo ancora molto lentamente. Però ormai per farlo basta che *senta* la presenza del facilitatore, la persona vicino a me oltre a quella che dialoga con me scrivendo.

Oggi Chiara deve solo sfiorarmi leggermente, quando devo battere ogni lettera. Allora io muovo la mano, cerco di mirare giusto e scelgo il tasto.

Dopo che ho battuto ogni singola lettera, Chiara legge ad alta voce la parola che sto componendo. In questo modo capisco gli errori. Quando sbaglio, torno indietro, cancello e ribatto la lettera giusta.

Dunque: tocco di Chiara, mano che si muove, dito che batte un tasto. Poi voce di lei che legge, per esempio:

«C...»

Poi nuovo tocco di Chiara, mano che si muove, io che batto una nuova lettera e lei che legge:

«Ci...»

Tocco, mano che si muove, lei che legge:

«Cis...»

«Cis» non va bene, non sta venendo fuori quello che volevo scrivere. Al tocco successivo cancello la S. Poi batto la A. E Chiara legge:

«Cia...»

Bene, al tocco della sua mano mi basta battere la O e ce l'ho fatta...

«Ciap», sento leggere.

«Ciap» non va bene! Al tocco successivo cancello la P. L'ho battuta per sbaglio perché sulla tastiera è vicina alla O. Mi calmo e al tocco successivo batto la lettera giusta.

«Ciao», dice finalmente la mia aiutante. E io sento che è contenta anche lei.

È un buon metodo, anche se è lento e mi richiede una concentrazione fortissima e tanta lotta con il mio corpo che si blocca.

Se devo scrivere «rivoluzione», «cambiamenti», «Costarica» ci vuole un po'. Per fortuna, chi mi ama davvero magari non sa leggere nel pensiero, però di solito ha tanta pazienza.

Ma adesso voglio tornare alla pagina che ho scritto nell'estate del 2012, in Sardegna, insieme a papà.

4

Obiettivi 2

SCRIVERE al computer con tutti come fosse un normale strumento di comunicazione, usare i soldi e pagare le cose che prendo nei bar, stare in classe tutto il tempo in cui ci stanno anche i miei compagni e senza disturbare, scrivere il mio nome da solo e mettere a posto le mie cose sono obiettivi difficili.

Papà però non si accontenta mai e ci ha aggiunto anche cose che, se le facessi, mi trasformerebbero: parlare con più calma e in modo comprensibile a tutti e non toccare di continuo le persone.

A settembre, di nuovo a casa dopo il mare, quando ormai mancavano solo pochi giorni all'inizio dell'ultimo anno della scuola superiore, papà è tornato alla carica.

Ai primi obiettivi, quelli *solo* difficili, ha aggiunto:

ALLACCIARE LE SCARPE, GIRARE AUTONOMO IN BICI, PREPARARTI ALL'ESAME FINALE CHE DOVRAI SOSTENERE...

E io gli ho risposto battendo con lentezza la mia catena di lettere:

Andrea impara sì. Andrea si impegna a difficili compiti

Ho fatto bene a rispondergli così.

Erano cose che potevo promettergli, in vista dell'ultimo anno delle superiori, in vista della maturità.

Ma parlare bene fino a comporre autonomamente frasi comprensibili a tutti e non toccare di continuo le persone per me sono compiti da università.

E infatti oggi lavoro su tutto, ogni giorno, ed è la mia università.

Allora, due anni fa, la lista di richieste di papà mi spaventava. Però ho capito perché me l'ha scritta. In quel momento i miei miglioramenti erano così evidenti che lui, la mamma, gli amici, tutti potevano sperare che io ce la facessi. Se li avessi sempre e solo delusi mi avrebbero chiesto di meno, o niente del tutto, no?

Eppure l'estate del 2012 non era un momento facile.

Leggo tutto il foglio con il dialogo sugli obiettivi scritto in Sardegna. In quella stessa seduta di scrittura facilitata, dopo la sua lista e le mie prime risposte, siamo passati a un altro argomento urgente:

> ADESSO PASSIAMO ALL'EPISODIO DELL'ULTIMO GIORNO DI SCUOLA DOVE HAI AGGREDITO IL TUO PROFESSORE DAMIANO. HO SENTITO CHE FORSE PRIMA UN PROFESSORE A CUI SEI ANTIPATICO TI AVEVA CACCIATO DALLA CLASSE CHIUDENDOTI LA MANO PER SBAGLIO NELLA PORTA.
> VORREI SAPERE LA TUA VERSIONE, È IMPORTANTE SAPERE.
> *Andrea voleva luci accese*
> *professore nervoso vuole luci spente*
> *Ho perso il controllo*
> *Spinto fuori ho fatto male la mano sulla porta*
> *professore ha stereotipie di ordine come io*
>
> E PERCHÉ TE LA SEI PRESA CON DAMIANO E NON CON LUI?

Mi agito molto, prima di rispondere. Ecco, ancora una volta ho sbagliato, e molto. E nessun mio errore viene dimenticato. Papà attende paziente, ma sento tanta tensione intorno a me. Prendo tempo. Potrei scappare? No, sarebbe peggio. Lui aspetta una risposta, vuole essere sicuro che la prossima volta che proverò l'istinto di reagire con violenza riuscirò a vincerlo...

So che vorrebbe prima di tutto che io chieda scusa, come sempre.

Ma scusa perché?

Scusa perché io sono io?

Però lo capisco, come sempre. Capisco tutti. Dal *loro* punto di vista io sono nel torto.

Papà mi incoraggia a rispondere.

Scrivo:

Andrea arra
Bbiato no vede
Scusa Damiano

Papà legge, e poi fa leggere le mie parole a tutti. Tutti mi consolano, sorridono a quella che prendono per una battuta: *professore ha stereotipie di ordine come io.* Ah, ah!

Ma forse la mia non era una battuta. Era un paragone sensato.

Io ho delle stereotipie: mille cose che devono stare o accadere sempre *come* le vedo io, gesti che devo ripetere *ossessivamente* senza saper spiegare perché e senza riuscire a trattenermi, se non facendo un'enorme fatica.

Ma qualche stereotipia l'avete anche voi.

Dunque anche voi avete qualche obiettivo da raggiungere!

5

Maturità

TRA allora e oggi c'è stata di mezzo la maturità. Insieme a un sacco di altre cose belle, certo. Per esempio sono stato con papà in televisione e mi hanno visto migliaia di persone, che ora mi riconoscono per strada.

Ma la maturità è parte della mia vita difficile, quella di tutti i giorni. Ed è stato un successo.

Ad aprile già mi preparavo:

CIAO, ANDREA, OGGI INIZIAMO CON LO SVOLGIMENTO DEL TEMA DI ITALIANO. LE TUE INSEGNANTI HANNO PREPARATO DUE TRACCE. INIZIAMO DA...

Il primo

LA SCUOLA COME LUOGO DI SOCIALIZZAZIONE. PARTI DALLA TUA ESPERIENZA PERSONALE, EVIDENZIANDO ASPETTI POSITIVI E NEGATIVI.

A me lo chiedono!

Scrivo volentieri:

Voglio partire con gli aspetti positivi. Perché la scuola in questi cinque anni non ha pensato a me come diverso ma come alunno che poteva e doveva lasciare suo contributo in questa esperienza.
Mi sento fortunato perché superando
Gli ostacoli si cresce e io di diffimcolta ne ho incontrate molte.

Avrei dovuto scrivere «difficoltà». L'ho sentito, alla lettura di Chiara, che la parola non era corretta. Ma non mi sono fermato a cancellare. Volevo dire tutto di corsa. Per me queste sono parole importanti, che mi emozionano molto.

Riprendiamo a scrivere il giorno dopo:

DIREI DI PROSEGUIRE CON IL COMPITO DI ITALIANO. RILEGGI, QUALCOSA DA CAMBIARE?
Sì, rompo troppo

È NECESSARIO METTERCELA TUTTA IN QUEST'ULTIMO PERIODO. ORA RIPRENDI IL TUO COMPITO.

Ho capito. Non c'è tempo per scoraggiarsi. Ieri ero più fiducioso. Oggi mi hanno sgridato per l'ennesima volta. Ma devo puntare su ciò che è buono, senza rinunciare a lanciare il mio messaggio:

Merito e fortuna di aver incontrato persone che mi hanno troppo accettato autistico pazzo come sono mi hanno lasciato libero di stare fuori dal normale.
Aiuto grande
ho sentito dalle amiche
compagne
tenere donne che sono speciali guide
per Andrea non sempre facile da avere vicino.
Io resto solo studente sopra le righe che a suo modo ha dato tanto con forti abbracci e sorrisi di gioia.
fine.

Ecco, ho detto tutto. La scuola sta finendo, per sempre. Dopo la maturità non ci sarà più una classe, altri ragazzi e ragazze della mia età con cui passare le mattine.

Se ripenso a tutti questi anni, elementari e medie comprese, so che tutti intorno a me hanno fatto e fanno fatica a tenermi con sé.

Per esempio, tra le mie stereotipie c'è lo strappare in mille coriandoli qualsiasi foglio di carta io trovi. A me serve per concentrarmi e ordinare le idee; gli altri me lo lasciano fare perché mi calma e quindi sto buono e non disturbo. È quando comincio a emettere suoni incontrollati, che mi rassicurano ma che per gli altri sono solo mugolii, oppure a battere le mani con forza, o ad alzarmi per uscire, che diventa difficile sopportarmi.

Così, alle medie le cose non andavano mai del tutto bene:

Ferito

FERITO? METTI PAROLE AFFINCHÉ IO POSSA CAPIRE...
Convinti non sono

CHI?
Bimbi

QUALI BIMBI?
Vivi bimbi. Compagni non vogliono credermi.

CREDERE COSA?
Che dico cose vere con scritti

COSA TI FA PENSARE CHE I COMPAGNI NON CREDONO AI TUOI SCRITTI?
Buon osservatore sono

COSA HAI OSSERVATO?
Cuori vedo

NON MI È CHIARO... «CUORI VEDO»?
Sono ben solo con loro

SEI BEN SOLO CON LORO. CHE SIGNIFICA?
Se credono a me vicini stanno

VICINI STANNO?
Mi stanno vicino poco

VUOI DIRE CHE I TUOI COMPAGNI TI STANNO VICINO SOLO PER POCO?
Sì

ANDREA, I COMPAGNI SONO MOLTO INTERESSATI A TE. SI STACCANO PERCHÉ A VOLTE NON SANNO COME COMPORTARSI...
Resto diversi

DIVERSI?
Diverso, sono

Ricordo che quando ho scritto queste parole la reazione di chi mi stava intorno fu incoraggiante. Chi ti vuole bene ce la mette sempre tutta per consolarti, soprattutto quando le cose vanno davvero male:

«Diverso? Ma Andrea! Diversi dagli altri sono i campioni, diversi sono i re, le persone speciali. Chi fa cose importanti è diverso».

«Essere diverso non è una cosa brutta, è una cosa importante. Tu sei diverso, e da qui devi partire e impostare la tua vita, che può essere meravigliosa, se tu lo vuoi.»

«La tua vita può essere diversa da quella noiosa di tutte le persone normali! Questo è quello che pensa il tuo papà...»

Erano parole belle e giuste.

Poi vedremo come le interpreto io.

I miei compagni, comunque, a scuola facevano fatica, eccome. E per difendersi, o per vendicarsi, reagivano a modo loro:

Non sono violento

A COSA TI RIFERISCI?
Compagni

SPIEGAMI
Giocano con me

COSA INTENDI CON «GIOCANO CON ME»?
Molto negativi

MI PUOI FARE UN ESEMPIO?
Aspettano una mia crisi

COSA TI FA PENSARE CHE ASPETTANO UNA TUA CRISI?
Ho occhi puntati

Mi fissavano e intanto sorridevano e si scambiavano sguardi di intesa. Chissà, forse facevano anche delle scommesse su quanto tempo sarebbe passato prima che io esplodessi...

* * *

Insomma, alle medie è stata dura.

Alle superiori, invece, ero già migliorato parecchio. E poi ero al liceo psicopedagogico, in una classe quasi di sole femmine. E le femmine sono più pazienti, sensibili e comprensive.

Ma è anche capitato il peggio, al confine tra i due mondi, il mio e quello dei normali:

CIAO, ANDREA, OGGI È FONDAMENTALE CAPIRE COSA È SUCCESSO A SCUOLA. LASCIO A TE LA PAROLA...

Ero troppo teso

MOTIVO DELLA TENSIONE?

Da giorni non mi sento tranquillo troppi controlli e mi dicono devi fare bene le cose, io non riesco a stare come un normale ragazzo che controlla sue azioni io mi blocco ma dopo esplodo

MI DICI COSA È SUCCESSO?

Pugno ho dato a ragazza

UNA TUA COMPAGNA!

Gesto improvviso lei si è spaventata

Sì, ho colpito una mia compagna. Le ho rotto il naso. E così «Andrea con cui è difficile stare in classe» è diventato «Andrea che fa paura».

Mi allontanarono da scuola per quasi un mese, in attesa di capire cosa fare. Papà e mamma erano preoccupati. Peggio, scoraggiati. Dopo tanti progressi sembrava di essere precipitati in basso, di dover ricominciare tutto daccapo:

CI CHIEDEVAMO COME MAI TI SEI SCAGLIATO CONTRO DI LEI. C'È UN MOTIVO IN PARTICOLARE?

Comincio a scoppiare senza senso ho paura di non fermarmi

DICEVI PRIMA DI SENTIRTI TROPPO CONTROLLATO, MI AIUTI A CAPIRE COSA DOBBIAMO FARE PER EVITARE QUESTI SPIACEVOLI EPISODI?

Gesti di rifiuto sento vicini

SPIEGAMI...

non parlo ma ci sento

CIOÈ?

mi chiamano pazzo rompiballe
Sento paura degli altri

SECONDO TE A COSA È DOVUTA QUESTA PAURA?

Violento mi vedono

CAPISCO... HO BISOGNO DI SAPERE COME POSSIAMO AIUTARTI. ALL'INIZIO DELLA CONVERSAZIONE MI PARLAVI DI «TROPPI CONTROLLI»...

Duro trovare soluzione non è facile sentirsi pecora nera

A TUO PARERE LE RICHIESTE CHE TI SONO FATTE A LIVELLO SCOLASTICO O ALL'INTERNO DELL'ISTITUTO SONO TROPPO INSISTENTI?

Vero ma io li capisco

INTENDI CHE LI GIUSTIFICHI?

Molto difficile sono io

Insomma, quando ho cominciato a prepararmi all'esame di maturità con quel tema sulla scuola come luogo di socializzazione avevo in mente tutto: anni di sforzi e di sconfitte. Ma anche anni di soddisfazioni.

Nonostante abbia sofferto tanto, quello che ho scritto per svolgere il titolo dice la verità: a conti fatti sono state di più e più tenaci le persone che mi hanno voluto bene. E sono le persone che mi hanno anche lasciato essere un po' pazzo. E che forse hanno capito il mio contributo alla classe:

Io resto solo studente sopra le righe che a suo modo ha dato tanto con forti abbracci e sorrisi di gioia.

Nei mesi successivi, in preparazione all'esame ho scritto altri temi. Poi è venuto il gran giorno. Quello della prova vera.

Il mio tema di italiano per la maturità è stato giudicato molto bene. Eccolo qui:

TITOLO: L'ARTE IN OGNI SUA MANIFESTAZIONE È LA PIÙ ALTA ESPRESSIONE DELLA CREATIVITÀ E DELLA FANTASIA UMANA

Guardare
Ammirare
Stare in un'opera
E perdersi
Nell'uomo
Nella sua storia
Nel corpo della sua vita.
L'uomo nasce
per creare qualcosa di unico
di bello per sé e per gli altri.
Tutti siamo artisti della nostra esistenza.
Creare è lasciare il segno che ci siamo stati,
futuro e passato si uniscono
nell'arte eterna.
Divine storie raccontate da umani
Capolavori aperti a tutti
nessuno escluso.
Perché l'arte non conosce frontiere
aperta al mondo.
Utile a noi
indispensabile alla mia Persona.

È un bel tema, sì. E credo davvero in ciò che ho scritto. Meglio: lo vivo, perché so di essere io stesso un artista. Hanno fatto bene a promuovermi. Ma la mia maturità si era già espressa qualche mese prima, nel tema sulla scuola come luogo di socializzazione.

6
Pianeti diversi

Mondo parallelo è autismo. Devo tanto imparare da terrestri

E TU NON SEI UN TERRESTRE?

Terrestre imparo diventare. Difficile stereotipia di terrestri è dare ordini.

Sono un giovane autistico. Voi no. Questo significa che voi avete, o credete di avere, un solo mondo da abitare.

Io ne ho due.

Vivo nel mio mondo di autistico, con le forze che lo dominano e le sue regole. E nello stesso tempo vivo nel mondo di tutti, dove le regole le fate voi.

Sto in due mondi e, in più, sto al confine tra essi. Su questo confine accadono cose belle e cose brutte, cose divertenti e fatti drammatici, spesso cose semplicemente incomprensibili, per me e per voi.

Tutto questo è un ottimo soggetto per un film di fantascienza.

Il mio mondo è stato invaso da una forza aliena, proveniente da un altro pianeta. Io ho subito l'invasione, la conquista aliena.

Vivevo nel mondo di tutti, fino a due anni. Poi sono stato invaso. Non rapito, che sarebbe stata una soluzione, per quanto dolorosa. No, sono stato lasciato qui e occupato da una forza estranea.

Da allora devo abitare in due mondi.

Gli obiettivi di papà sono le regole del vostro mondo. È giusto che ci provi, a farle mie, perché non sono mai andato via.

* * *

«Houston, abbiamo un problema!»

Nei film di fantascienza l'astronauta chiede aiuto a quelli di casa sua. La sua Terra è laggiù, mentre il pianeta ostile, o comunque estraneo, è davanti a lui. Casa da una parte e ignoto dall'altra.

Per me non è così semplice. La trama del mio film si è complicata molto, quando a due, tre anni mi sono ammalato.

Molti autistici sembrano non reggere la divisione tra i due mondi e il compito di abitarli entrambi. Sono quelli che si muovono pochissimo, che non parlano mai, ragazzi che emettono solo suoni incomprensibili, che procedono a scatti, con frequenti crisi, oppure che reagiscono con violenza a ogni approccio, o anche senza motivo (sempre dal vostro punto di vista).

Voi dite: «È partito, non c'è con la testa, non riusciamo a entrare in contatto con lui...»

Io un po' li capisco.

Sono persone che stanno il più possibile in un mondo solo.

È una fatica grossa tenere il piede contemporaneamente in due mondi ed essere quello che ogni giorno li deve far dialogare.

Io lo so.

Ma ora che vi ho detto che i mondi in cui abito sono due, e non sono sicuro che mi abbiate capito, devo aggiungere che la faccenda è ancora più complicata.

La grande, terribile e magnifica scoperta dell'autistico è che tra i due mondi esistono legami profondissimi.

L'autistico vede, spesso contemporaneamente, la differenza tra il suo mondo segreto e il mondo di tutti, ma anche i loro profondi punti di contatto.

Nel mondo di tutti si muove con tutti: è qui che io mangio, bevo, faccio pipì, è qui che mi inonda la luce del vostro stesso mattino, quando spalancate la finestra per svegliarmi. È qui che faccio insieme a voi molte cose che mi piacciono. Anche i genitori del bambino autistico più chiuso in se stesso comunicano con lui almeno nel dargli da mangiare.

Poi c'è il mio mondo, che comprende il segreto che c'è in me più il vostro mondo *come lo vedo io.*

Non so spiegarmi meglio. In sostanza devo dire, da autistico, che sì, vivo a fatica in due mondi, ma nello stesso tempo *li amo entrambi.* Ed è per questo amore che io vedo più chiaramente di voi anche il «mondo di tutti», perché vi partecipo con un'intensità straordinaria che a volte appare, a chi mi osserva bene, persino una forma di genialità.

La mia è una visione che apre nel mondo delle vie che non tutti vedono, e sulle quali nessuno di solito ama incamminarsi.

Poi su questo mi spiegherò meglio.

Passata la maturità, il programma di papà per l'ultimo anno di superiori è diventato, come immaginavo, la mia università. La facoltà a cui mi trovo iscritto ora si chiama «Addestramento al pianeta Terra». Si tratta di un corso di studi molto impegnativo. Potenzialmente contiene centinaia di corsi (e di esami), visto che per me in questo mondo niente è scontato, spontaneamente non faccio nulla come voi dite che va fatto: nemmeno bere un bicchiere d'acqua, fare la doccia, lavarmi i denti, scegliermi i vestiti...

Andare al bar.

Settembre 2013, al rientro dalle vacanze:

CIAO, ANDREA, COME STAI?

Molto bene contento di vedere casa

HAI FINITO LA SCUOLA CON UN OTTIMO ESAME, ABBIAMO FINITO CON IL LIBRO E SEI STATO BRAVISSIMO CON I TUOI SCRITTI.

Papà qui parla del secondo libro che abbiamo scritto su di noi. Il primo era sul nostro primo grande viaggio in moto; il secondo sulla mia vita e sulla sua con me. Ho riletto anch'io tutto, ho scritto messaggi per tutti da inserire nella storia. E lui giustamente mi fa i complimenti.

Poi prosegue:

ADESSO OGNI MATTINA DEVI SEGUIRE IL PROGETTO ABA.
IL POMERIGGIO INVECE O STAI CON ME AL LAVORO O HAI ARTETERAPIA O ATLETICA: NUOTO, CORSA, CANOA, ARRAMPICATA.
OK COSÌ?
Bisogna credere in Andrea.
Se voglio riesco.

ABA sembra una parola uscita da una filastrocca per bambini. Ma non è così semplice. Intanto sono le iniziali di tre parole inglesi, Applied Behavior Analysis, che tradotte in italiano fanno ancora più paura: Analisi comportamentale applicata.

Per me è una scuola. Meglio: un programma di addestramento a vivere con gli altri nel mondo.

Per esempio, grazie all'ABA, che è cominciata sul serio dopo la mia maturità, ho definitivamente scoperto che ci sono due modi per andare al bar: uno di un pianeta e uno di un altro. E a volte penso che per cavarmela nella vita basta che io:

1. impari tutti e due i modi;
2. impari a distinguere quando devo viverne uno e quando posso viverne un altro.

Semplice?

Cominciamo da due visite al bar a modo mio.
Poi una con un bravo tutor ABA.

7

Tette bianche, lecca lecca e un bacio a un centimetro dalle tue labbra

Gli ingredienti di una serata sono moltissimi. Basta saper osservare.

È ottobre, ma sembra primavera. L'aria è dolce e la gente di Castelfranco Veneto non ci sta a rimanere in casa fino al sonno.

Da noi c'è un amico di papà, un signore simpatico, curioso, che non è mai stato invitato prima. Si guarda in giro, sorride, è molto taciturno. Accetta i miei tocchi. Ogni tanto gli tiro su più che posso la cerniera della felpa, perché sia ben stretta al collo. Lui mi lascia fare, con un mezzo sorriso. Poi appena può si libera la gola. E io subito a serrargliela di nuovo. Lui ha pazienza, per ora. Segno che ci conosciamo da poco, che vuole entrare in punta di piedi nella mia vita.

È un tipo curioso. Un po' lo fa per gentilezza nei confronti di papà. Un po' perché è davvero colpito da me e da ciò che mi riguarda.

Papà fa il cuoco come sa: come un cowboy accampato per la notte sotto le stelle, accanto al fuoco appena acceso. Taglia qualche fetta di salame con un grande coltello affilato, poi affida il resto del taglio a me. Affetta anche spessi spicchi di formaggio. Apre una bottiglia giusta di prosecco, versa, sorride e chiacchiera. Sulla piastra sfrigolano delle fettine di petto di pollo. Ci aggiunge qualche erba e diventano speciali anche loro. La cucina è ben illuminata, stiamo tutti seduti intorno alla penisola sui sedili da bar, come pronti a partire da un momento all'altro.

Io gironzolo per la sala, la cucina e di nuovo per la sala. La musica e tutte le cose sono in ordine come dico io.

Sono ansioso.

Una persona nuova è una nuova sfida.

Entrando nel palazzo papà diceva all'amico: «Andrea ha fatto enormi progressi. Un tempo appena presentato ti avrebbe subito toccato e premuto la pancia, poi ti avrebbe stretto le guance con forza e avrebbe cercato di baciarti sulle labbra. Per finta, ma abbastanza da metterti in imbarazzo. Oggi si trattiene molto».

Una volta dentro, papà ha proposto all'amico di salire con me in ascensore.

«Io salgo a piedi, mi fa bene.»

L'amico, gentile, non ha osato dire di no. Ma io ho percepito il suo imbarazzo. Ci conoscevamo da pochi minuti, lo avevo appena abbracciato forte forte, tanto da togliergli il respiro, e ora dovevamo stare insieme stretti in ascensore...

Io sono entrato per primo. Mi sono messo a guardarmi allo specchio, il viso vicinissimo al vetro, la prova del mio sorriso migliore. Mi sorrido sempre, quando mi vedo: in uno specchio, nel finestrino di un'auto, in una pozza d'acqua. È incoraggiante. È volersi bene.

Non capisco perché non lo facciate tutti.

L'amico è entrato, io ho schiacciato il pulsante del secondo piano e la porta si è chiusa.

Lui ha detto, incerto: «Eccoci qui...»

E io subito gli ho schiacciato con forza la pancia.

«Ah!» Si è spaventato e ha abbassato la testa. Subito gli ho stretto le guance con vigore. Gli ho fatto fare una faccia buffa, quella che preferisco. Schiacciavo così forte che lui restava a labbra strette, protese in avanti. La sua sorpresa si è trasformata addirittura in un po' di paura. Allora mi sono avvicinato velocissimo con le labbra, come per baciarlo.

È lì che di solito l'imbarazzo diventa davvero divertente. Cadono tutte le difese, l'altro si smarrisce e deve stare al mio gioco.

O arrabbiarsi.

A un centimetro dalle sue labbra mi sono tirato indietro e l'ho mollato.

Ha tirato un gran sospiro e si è messo a sorridere. Capiva di essere ridicolo e lo accettava. Questo mi piace.

A quel punto si è aperta la porta, siamo usciti sul pianerottolo e lui mi ha seguito in casa senza fiatare.

«Tutto bene?» ha chiesto papà.

«Tutto bene», ha confermato l'amico. E ancora sorrideva delle garanzie di papà che io non avrei fatto cose strane con lui.

Mangiamo volentieri. Parliamo di noi, dei nostri viaggi in moto. L'ospite in moto non ci va. Gli hanno rubato il motorino che aveva a quindici anni, racconta.

Chissà che faccia avrà fatto.

Il suo papà non glielo ha ricomprato.

Poverino.

Dice anche che non ha mai visto l'America.

Però è bello averlo qui. Per qualche suo motivo gli piace avere a che fare con tutte le novità di questa serata, me compreso.

«Dopo cena abbiamo due possibilità», annuncia papà. «O restiamo in casa a guardare le foto dei nostri viaggi o usciamo a fare il giro dei bar, lo sport nazionale della gente di qui. Dovremmo anche incontrare due nostre amiche, ma posso sempre chiamarle e dire che siamo stanchi.»

L'amico ha viaggiato e oggi ha lavorato con papà. Ma per fortuna ha voglia di uscire.

Ed eccoci fuori, in piazza Giorgione, in marcia verso il castello.

Io li precedo di almeno venti metri. Loro dietro, sempre chiacchierando.

Passo davanti a un bar e faccio per proseguire.

«Andrea! Irene e Alice sono qui!»

Torno sui miei passi. Entro veloce prima di loro.

Il locale è piccolo e lo conosco già. Avanzo fino in fondo, sfilando davanti al bancone inseguito dalle voci di papà, del barista, della sua collega, delle due ragazze che già stavano bevendo al nostro ingresso e che salutano papà e di tre altri clienti, maschi, che non ho ancora capito se sono amici o no delle due ragazze.

Papà mi richiama indietro.

«Andrea! Vieni a salutare!»

Mi avvicino rapido. Le due mi sorridono. Una l'ho già incontrata, l'altra mai, ma sono tutte e due sulla difensiva.

Mi valutano, cercano di capire se possono fidarsi.

Le voglio aiutare, e poi anch'io devo vincere il mio imbarazzo.

Ignoro gli sguardi di tutti puntati su di me. Ignoro papà, pronto a scattare se faccio qualcosa che non va. Ignoro il suo amico che continua a studiarmi.

Prendo la mano che mi tende la prima ragazza e la tocco sulla pancia.

Le viene da ridere.

«Andrea! Non toccare! Questa è Irene», mi spiega papà. «Come si dice?»

Come si dice? Io già sto avvicinando il mio volto a quello della ragazza e faccio per baciarla.

«Ehi!» esclama lei. Divertita, spiazzata, imbarazzata. Ma anche incuriosita e vagamente compiaciuta.

Mi piace.

La sua amica a questo punto è già pronta alle mie mosse e papà mi marca stretto. Per lei niente premuta di pancia, per ora.

«Ciao, io sono Alice.»

«Andrea», dico, e le stringo la mano. Ma finché non la tocco di più non mi sembra di essermi presentato, né di sapere qualcosa di lei.

Comunque ecco fatto, per ora.

Volto le spalle e mi allontano.

«Andrea, cosa vuoi?» mi insegue la voce di papà.

Riguadagno la parete di fondo del bar e poi rispondo.

«Acqua!»
«Acqua come?»
«Acqua minerale.»
«Chiedila tu!»
Lo sapevo. Mi tocca lavorare, e tutti a guardare come me la cavo.
La barista mi sorride da dietro il banco.
È là che devo arrivare per essere sicuro di essere entrato davvero qui dentro. Ma per ora non posso ancora muovermi con libertà. Troppi sguardi su di me, troppo controllo da parte di papà.
Nella mia mente si formano le parole che ho imparato a memoria: «Per favore, acqua minerale».
Le pronuncio come mi riesce, cioè faccio uscire dalla bocca una specie di parola unica, senza pause e con qualche consonante che salta via. Diciamo un «Pefavoeacquamierae», tutto d'un fiato. In questo vocabolo di mia invenzione l'accento cade sulla parola «acqua», che, per chi ascolta con attenzione, spicca esatta e nettissima. È l'essenziale della mia richiesta, no? Non potrebbe bastare?
«Ripetilo bene, con calma», insiste gentile papà.
Meno male che nell'ambiente c'è musica ad alto volume. Se no ci sarebbe un silenzio di tomba di nove-dieci persone col fiato sospeso a sentire come me la cavo. Benedetta la musica, sempre!
Mi domino. Riprovo.
«Per favoe acquamierae.»
La barista aveva capito già e non vede l'ora di darmi una mano.
«Subito!»
E in un attimo, con bei gesti efficaci, fa comparire bicchiere e bottiglia e versa l'acqua senza perderne nemmeno una bollicina. Io la guardo, come al solito ammirato dallo spettacolo di un umano padrone di tutti i suoi muscoli, anche i più piccoli, quelli coinvolti in piccoli gesti. E non reagisco quando vedo che, sempre veloce, infila nel bicchiere una fettina di limone.
«Ecco qui!»
Bello vedere il suo sorriso di persona contenta di dare.
Ora però dovrò per prima cosa togliere la fettina di limone. Ma

senza farmi sgridare. Mi trattengo a fatica. Per fortuna tutti si sono rilassati e tornano a pensare a se stessi. Ordinano da bere.

«Prosecco», chiede papà.

«Io un caffè decaffeinato», dice l'amico.

Le ragazze alzano i bicchieri mezzi pieni, loro sono a posto.

Tiro fuori la fettina di limone dall'acqua e l'appoggio sul bancone. Non sta bene, lì, lo so, ma la barista è veloce e discreta e la fa sparire senza fare una piega.

Tutti bevono, parlano, si ascoltano.

Posso chiudermi in me, a studiarli con calma, in attesa di poter circolare per il locale, che è il mio obiettivo fin da quando sono entrato.

«Non lo vedo da sei mesi. È molto migliorato!» assicura Irene.

Sa di far piacere a papà. Ma sento che è sincera.

È una bella ragazza, con lunghi capelli rossi e la pelle bianchissima. È vestita bene, con una scollatura che invita lo sguardo verso le tette e mette in mostra la piega che le separa a dovere. Deve esserne molto fiera. All'amico di papà non dispiacciono affatto. Non so come fa a trattenersi dal toccarle, visto che non smette di osservarle con tanta intensità. Altra grande abilità delle persone normali.

Alice, l'amica, racconta di essere una maestra alle prime armi, un'insegnante di sostegno.

«Ho anche un bambino autistico, di nove anni», spiega a papà.

E papà diventa serio e le offre subito buoni consigli.

«Com'è il bambino? Comunica?»

«Un poco, a gesti...»

«È aggressivo?»

«Con me mai, non ancora. Forse non osa. Ma mi hanno detto che a volte...»

«Noi abbiamo avuto delle fasi di aggressività...»

Tutti ascoltano attenti.

Posso passare all'azione.

Osservo il tavolino vicino a me. È pieno di gessetti colorati. La parete di fondo è occupata da una grande lavagna nera sulla quale i clienti scrivono messaggi e saluti. Mi metto a leggerli tutti.

«Sorpresa dall'amore», ha scritto Ely in giallo.

«Sorpresa un corno! Ti ho fatto il filo per tre mesi!» protesta Marco.

Mentre leggo mi prudono le mani. Gli altri continuano a parlare di me, le ragazze annuiscono a papà e ogni tanto mi guardano e sorridono incoraggianti, ma senza badare troppo a quello che faccio.

Comincio a spezzare i gessetti in due. Poi con il dito spargo in maniera uniforme la polvere di gesso colorata che si crea sul tavolino.

L'amico di papà mi osserva e si avvicina.

«Hai rotto i gessetti?» domanda incuriosito. Non mi vuole sgridare, ha solo fatto una scoperta e vorrebbe capire.

Io abbasso lo sguardo. Come sempre non ho una spiegazione. Perciò scatto in piedi, un mezzo gessetto in mano, e comincio a disegnare un grande cuore viola sulla lavagna.

Uno dei clienti mi incoraggia: «Un artista!»

Papà non ha visto, continua a parlare di me alla ragazza maestra.

Finisco il cuore, appoggio il gessetto sul tavolino, e scatto.

In un attimo attraverso il bar passando tra papà, le ragazze e tutti quanti. All'ingresso, sopra una mensola, ci sono volantini pubblicitari di feste e locali, di diversi colori. Li ho visti appena sono entrato e finalmente me ne posso occupare. Li sistemo in ordine, per colore e tutti ben sovrapposti l'uno all'altro. Poi con quattro balzi sono dietro al bancone ad aiutare la barista a versare patatine in una ciotola. Che non ne caschi una. Anzi, che stiano impilate in una bella piramide. Poi pulisco un angolo del bancone. Poi cerco le luci...

«Andrea! Vieni qui! Rispondi a Irene!»

Beccato. Torno davanti e mi avvicino alla ragazza.

«Andrea, ti ricordi di me? Ci siamo visti alla festa della birra, quest'estate!»

Alla festa della birra...

«Festa dea birra», ripeto con un sorriso.

Lo prende per un sì ed è tutta contenta, fiera di essere ricordata. Sì, è proprio carina. E anche un po' infelice, dietro il sorriso sicuro e la bella scollatura. Perciò mi avvicino e le infilo un dito là dentro, tiro piano verso di me e le guardo le tette.

Lei fa come un piccolo balzo, sorpresa ed eccitata.

Volevo farla sorridere davvero, e ci sono riuscito benissimo.

Anche l'amica si diverte.

«Ehi! Sa quel che vuole!»

«Andrea...» dice papà comprensivo, e cerca con lo sguardo l'indulgenza delle due ragazze.

Ma loro non hanno bisogno di alcuna richiesta di scusa. Adesso sì che sentono che si è aperto un canale per comunicare con me. È così facile!

Anche l'amico di papà ha riso di cuore. Ha reagito alla mia sbirciatina come se anche lui avesse fatto una grande scoperta. E ora sta meglio, non ammira più le tette da solo.

Ma adesso non so se posso andare avanti.

Mentre Irene si aggiusta il vestito mi avvicino al viso di Alice e faccio per baciarla sulla bocca. Lei risponde come è giusto: si prepara al bacio e... io mi fermo a un centimetro dalle sue labbra e poi scappo via.

Ora che li ho animati per bene e nessuno vuole agitarmi più di così per timore che io faccia chissà cosa, mi lasciano in pace.

Ne approfitto per andare un po' dentro e fuori. Controllo i tavolini, anche quelli all'esterno, lungo la strada. Che tutto sia in ordine.

Poi rientro e torno in fondo al bar. Sull'angolo estremo del bancone rispetto all'entrata c'è un espositore di lecca lecca. Ne afferro uno rosso.

«Mostralo alla ragazza, Andrea!»

«Vojo lecca lecca», dico alla barista.

«Va bene!»

E in un attimo lo sto masticando.

Intanto ancora chiacchiere, complimenti, sorrisi. Le mille convenzioni tra umani che io conosco a memoria, ma comprendo a fatica.

8

Prosecco per tutti, cioccolato e un divanetto per tre

UNA visita insieme a papà e ad amici in un altro bar di Castelfranco, pieno di gente come accade sempre da noi, può portare ad altre piccole avventure.

Mentre tutti gli altri bevono prosecco, io sfuggo al controllo e afferro il bicchiere di un altro, uno sconosciuto, per ridarglielo appena si spaventa.

Il barista ci offre una vaschetta piena di cioccolato fondente tritato e io lo mangio tutto prima che papà mi fermi. Poi lui si lamenta perché poco prima ho spazzolato un vassoietto di affettati.

«Andrea! Hai già mangiato stasera!»

Ora il bancone non ha più attrattive. Mi guardo intorno insicuro, perché non conosco a memoria l'ambiente e come al solito ho bisogno di un punto di osservazione per fotografare con uno sguardo la sala.

Individuo ciò di cui ho bisogno. Su un lato della stanza ci sono un ragazzo e una ragazza seduti insieme su un divanetto. Parlano tra loro tenendo i visi vicini. Probabilmente non lo sanno, visto che si guardano l'un l'altra come se il resto del mondo non esistesse, ma si trovano proprio nel punto migliore per tenere d'occhio con un solo sguardo chi entra, chi esce, chi si è sistemato su sedie e tavolini, chi sta in piedi appoggiato al bancone, i baristi che servono e chi va e viene dai bagni.

Con fare sicuro vado verso i due e mi siedo in mezzo a loro.

Alzo la testa. Proprio come immaginavo: è il punto perfetto per permettermi di tenere d'occhio l'ambiente.

I due, separati, mi guardano perplessi con sguardi carichi di energia.

La ragazza mi ha già visto altre volte.

«Ciao, Andrea, come stai?» mi saluta lanciando un'occhiata rassicurante al compagno.

Lo sguardo e il tono di voce significano: «Non preoccuparti, lo conosco, non fa niente di male». O qualcosa del genere.

Io rispondo «Bene», senza guardarla, e continuo a osservare la sala. La memorizzo. Vedo le cose come stanno, gli oggetti fuori posto. Individuo le persone che sarebbe bello toccare.

In quel momento vedo che un amico di papà mi indica a lui e lo fa sorridere.

Papà mi osserva, continua a sorridere, si diverte. Ma dopo poco mi fa segno di avvicinarmi.

A quanto pare non va bene che mi sia seduto proprio qui. Non capisco perché. Non ho mica rubato l'acqua o toccato qualcuno. Me ne sto solo qui a imparare il locale.

Anche altri amici mi osservano e ridono, e la cosa comincia a innervosirmi.

Poi capisco che non guardano solo me.

Guardano tutti e tre, stretti su questo divanetto.

A papà che di nuovo, con maggiore insistenza, mi fa segno di alzarmi e andare da lui, rispondo: «Io sto qui belli amici».

Dovrebbe bastargli per lasciarmi stare. E infatti papà per il momento si rassegna, fa un cenno di saluto alla ragazza al mio fianco, che risponde alla sua cortesia.

Poi però non resto per molto. La ragazza ha pazienza, anche se è un po' imbarazzata. Il ragazzo no. Chiama un barista con un cenno, quello si avvicina e lui gli parla piano all'orecchio.

Lui non lo sa, ma io sento tutto.

«Puoi dire al tipo là in fondo di far alzare il ragazzo?»

«È suo padre, non c'è problema.»

Il barista va verso papà e gli dice poche parole.

Papà viene verso di me. Serio, adesso, non arrabbiato ma teso.

Qualcosa non va davvero. Capisco sempre meno cosa, ma mi alzo verso di lui e faccio la faccia contrita di quando non capisco ma mi adeguo.

Eppure, a guardare la sua espressione di poco fa e quelle degli altri amici, c'era qualcosa di un bello scherzo riuscito in quel mio stare seduto su un divanetto per tre.

9

ABA al bar

«ANDREA! Entriamo da *questa* porta.»

Mi volto. Emanuele si è fermato e si aspetta che gli obbedisca.

Lo guardo per un attimo, poi faccio per avanzare verso l'ingresso da cui entro di solito: la *mia* porta per entrare nel bar *Roma*. So benissimo che lui ha scelto l'altro ingresso proprio per costringermi a cambiare una mia abitudine e io istintivamente cerco di difenderla.

«Andrea!»

Mi blocca, le sue mani serrano le mie spalle. La voce è ferma.

«Entriamo da qui!»

La mia resistenza si trasforma in inquietudine. Il corpo vorrebbe scappar via. Lui poi potrebbe inseguirmi. Sarebbe un bello scherzo...

«Entriamo da qui, è la porta principale, fidati!»

Niente da fare. Annuisco.

«Entriamo da qui», ripeto, per fargli capire che sono d'accordo.

Ma prima di entrare il mio istruttore ABA mi ricorda la fase successiva.

«Bene. Cosa prendiamo? Con cosa fai colazione?»

«Acqua e bignè», rispondo.

«Oppure brioche...»

«Brioche.»

«Cominciamo dall'acqua. Cosa chiedi alla barista?»

Lo so bene, ormai.

«Acqua perfavore.»

«Dillo meglio: 'Voglio l'acqua, per favore'.»

Mi agito un poco.

«Voglioacqua per favore.»

«Ripeti piano.»

«Voglio acqua per favore.»

«Bene, entriamo.»

Nel bar c'è la gente del mattino. Qualcuno è seduto ai tavolini a fare colazione. La barista mi conosce bene e mi saluta.

«Ciao, Andrea!»

Ma intanto sta servendo un cliente e non mi ascolta subito. Io ero pronto a dirle la mia richiesta e quando lei dopo il saluto si volta da un'altra parte sono spiazzato.

«Aspettiamo che tocchi a noi», mi avvisa Emanuele.

L'attesa è un concetto che proprio non capisco. E poi so benissimo che il frigo espositore delle bibite è lì, di fianco a me. Basterebbe aprirlo, afferrare la bottiglietta...

Ma Emanuele mi legge nel pensiero.

«Aspettiamo che tocchi a noi e chiedi quello che vuoi.»

Per fortuna dopo un secondo la barista si rivolge di nuovo a me.

«Andrea, cosa vuoi?»

Prendo sempre la stessa cosa, lei lo sa. Ma le piace partecipare alla mia istruzione, si vede. Anche per lei è una cosa importante.

«Voglio acqua perfavoe.»

Sono andato abbastanza bene. Prima che Emanuele intervenga per dirmi di ripetere piano, la barista mi sorride e risponde: «Prendi pure».

Tiro un sospiro di sollievo. Adesso posso aprire il frigo e prendere la bottiglia. Procedo con il permesso della ragazza all'operazione che da sempre sono abituato a eseguire senza chiedere a nessuno. Anzi, senza nemmeno avvisare della mia presenza: uno scatto felino dentro il bar (qualsiasi bar), lo sguardo a individuare rapidamente il frigo delle bibite, un rapidissimo aprire-afferrare-chiudere e poi fuori, a passo spedito. È sempre stata una delle mie mosse, una delle mie caratteristiche. Spesso anche papà e mamma l'hanno commentata con simpatia, badando bene, poi, a passare a pagare al posto mio e, qualche volta, a chiedere scusa.

Ora è finita, ora devo diventare grande. Quella divertente razzia che mi riempiva di gioia spontanea non la posso fare più.

Ora sto seguendo il programma ABA, la mia università.

«Cosa chiedi, ancora?»

Emanuele è fermo. Io mi stavo avviando già verso il tavolino.

«Bignè», rispondo. Ma qualcosa mi dice che sto correndo troppo.

«No, per l'acqua...»

«Bicchiere.»

«Bene, quindi?»

Fa segno di nuovo verso la barista, che aspetta sorridente, ma sempre con quell'aria di svolgere una missione importante.

«Voglio un bicchere», dico.

«Ecco!» esclama lei soddisfatta. E mi allunga un bicchiere.

Io non lo userei. Berrei dalla bottiglia.

Il bicchiere non mi piace per un motivo molto serio. Serve a dividere in parti l'acqua della bottiglietta, che io invece vorrei bere tutta e tutta d'un fiato.

Ci sediamo a un tavolino, Emanuele davanti a me. Lui non prende niente, ha sempre già fatto colazione prima di venire da me. Così resta concentrato su di me in ogni istante.

«Apri l'acqua», mi chiede.

La apro.

«Versane *un po'* nel bicchiere...»

Procedo.

«... ma senza riempirlo tutto!»

Mi devo fermare a tre quarti. Fermarmi, fermarmi: in ogni cosa l'azione per me più difficile.

«Bevi. Ma non tutto il bicchiere.»

Bevo metà dell'acqua che c'è nel bicchiere. Nel frattempo ce n'è tanta, nella bottiglia, da riempirla ancora a metà. In questa serie di mezze misure potrei impazzire!

Bevo, trattenendomi, un paio di sorsi. Poi appoggio sul piano del tavolino il bicchiere pieno per un terzo e aspetto il prossimo ordine.

«Bravo, Andrea. Adesso ascoltami. Io devo uscire un momento, cinque minuti. Tu resta qui da solo e aspettami. Se quando rientro e torno qui hai lasciato ancora l'acqua nel bicchiere prendiamo anche la brioche. Hai capito?»

Dico di sì.

«Andrea non beve?» si accerta il mio maestro.

«Andrea non beve.»

Lui si alza, fa un cenno alla barista, che sa cosa sta accadendo, ed esce dal locale.

Resto solo, seduto davanti alla grande vetrata del bar che dà sulla piazza dei pullman. Da qui partono gli studenti, al mattino, infagottati nelle felpe e carichi di zaini. Ma adesso è un po' tardi, ne vedo pochi, qualche ritardatario.

Ma anche se in piazza ci fosse la rivoluzione francese, il circo, un'invasione di elefanti, l'atterraggio degli UFO io non riuscirei a distrarmi. Niente in questo momento può aiutarmi a far passare più in fretta i minuti di assenza di Emanuele.

Intorno a me, dentro e fuori questo bar, la vita del mondo scorre normale. Sento le chiacchiere di tutti, e nelle voci percepisco i loro sentimenti. Ma io sono troppo preso a lottare con me stesso.

Davanti ho un bicchiere con un terzo di acqua fresca. Nella bottiglietta una metà.

Acqua, la cosa più semplice del mondo. Terribilmente semplice, per me. Da sempre. Acqua = bere = svuotare in fretta e completamente la bottiglia = se non ce la fai a berla, svuotare la bottiglia a terra, la tua e anche quella degli altri tavolini. Anche tutte le bottigliette mezze piene del locale, se fosse possibile.

Non devo pensarci. Soprattutto non devo lasciar libero il mio corpo, che ha pensieri suoi.

Mi annullo. È l'unico modo.

Ragioni per fare, o meglio per non fare questa cosa, come Emanuele mi ha chiesto, non ne ho.

Persino la promessa di prendere la brioche se riesco a trattenermi scompare dietro un muro di silenzio.

Non vedo, non sento, non penso. Non devo bere, non devo bere, non devo bere.

Diventa il mio respiro.

Emanuele resta fuori dal bar un'eternità. Ma io nello sforzo mi perdo e quindi perdo di vista anche lo sforzo. E perdo anche la cognizione del tempo, sempre che ne abbia una paragonabile alla vostra.

Poi finalmente torna.

Si siede davanti a me e osserva il bicchiere e la bottiglietta.

Io sono calmo, in attesa.

«Bravo! Bevi l'acqua del bicchiere.»

Bevo.

«Versane un altro po'. Non tutta.»

Ne verso ancora un po' e ne lascio nella bottiglia un quinto.

«Vai a prendere la brioche», dice lui.

Mi alzo. Vado verso l'espositore delle brioche. Mi trattengo dal prenderne una. Chiedo in qualche modo che me la diano. La barista me la allunga.

Quando torno a sedermi Emanuele mi mostra un cioccolatino.

«Ti ho preso anche questo, quando sono entrato. Te lo do perché sei stato bravo.»

Una di queste sere, sempre affiancato da Chiara, la psicologa che mi aiuta nella scrittura facilitata, ho scritto di questa fase del mio addestramento. È capitato perché un amico di papà, uno che studia queste cose, ha assistito alla sequenza di esercizi al bar con Emanuele che ho appena descritto e voleva capirci qualcosa di più.

L'amico mi ha rivolto le domande, Chiara mi ha aiutato e io gli ho risposto cercando di capire cosa lo incuriosiva davvero:

CIAO, ANDREA, SEI CONTENTO CHE SIAMO QUI INSIEME?
Io emozionato sono. Gioia per me scrivere con te.

COSA ABBIAMO FATTO QUESTA MATTINA IO, TE ED EMANUELE?
Siamo stati insieme per conoscere tecnica Aba

COSA PENSAVI MENTRE IO ED EMANUELE SIAMO USCITI E SIAMO RIMASTI FUORI DAL BAR E TU NON DOVEVI BERE L'ACQUA?
Gesto inconsapevole. Io non pensavo.

VOLEVI BERE?
Tanto

E PERCHÉ NON HAI BEVUTO?

Esito un poco. Dove vuole arrivare? Poi Chiara mi incita a rispondere:

Io non potevo, tu lo sai.

E ALLORA GUARDAVI FUORI DELLA FINESTRA?
No, io guardavo dentro me stesso

E COSA VEDEVI?
Come dovevo comportarmi.

VOLEVI FARE BENE E NON BERE PERCHÉ TE LO HA DETTO EMANUELE O PERCHÉ VOLEVI LA BRIOCHE?

Leggo la domanda e mi fermo a pensare. Poi sorrido. Non riesco a trattenermi. Quasi rido, persino.

Scrivo:

Lo sai che sei furbo, amico mio.

Chiara non capisce.

«Ma di cosa state parlando? Io non c'ero stamattina. Non so come valutare questa risposta.»

L'amico invece sorride con me. Poi vedo che un po' si diverte e un po' si commuove. Meno male. Ha capito che l'ho smascherato. Ma cosa voleva farmi dire? Qualunque cosa fosse, l'ho bloccato. Ho capito benissimo che l'ABA non gli piace, ma mica vorrà farlo dire a me!

Lui rassicura Chiara. Poi scrive:

È UNA DOMANDA O UN'AFFERMAZIONE?

Rispondo senza esitazione:

Io dico che lo sei

SONO FURBO E VOGLIO SAPERE: HAI *CAPITO* PERCHÉ EMANUELE NON VOLEVA CHE TU BEVESSI?

Io dico di sì. Lui tenta mio miglioramento.

L'amico sorride ancora, ma è tornato serio. Riflette attentamente sulla mia risposta. Forse capisce la fatica che faccio e adesso la rispetta.

Riflette ancora per qualche secondo, poi scrive:

EMANUELE TI VUOLE BENE?

Prodotto per lui il tempo ci unirà.

Non capisce.

PRODOTTO?

Devo proprio spiegargli tutto!

Lavoriamo insieme da poco.

Lui annuisce. «Prodotto...» mormora. E riflette...

Prodotto, sì, penso io. Il risultato di uno sforzo, la creazione di una cosa che non c'è, ma che può esserci se la vogliamo e siamo disposti a fare fatica. Io questa fatica la faccio. Per voi, ma anche per me, perché se voi state meglio con me, anch'io sto meglio con voi.

* * *

È tempo di concludere. La giornata è stata intensa e sono stanco. Questa mattina l'ABA al bar e adesso, come al solito, per rispondere all'amico che ci ha accompagnato ho impiegato più di un'ora.

Ultima domanda dell'amico:

L'ABA È UNA FATICA O ANCHE UN DIVERTIMENTO?

Fatica, mi fa bene.

10

Il peggior bar di Manaus

MILANO, novembre 2014.

Fuori dai padiglioni della fiera il tempo è grigio e freddo. Dentro siamo avvolti dalle luci che scintillano sui metalli cromati e sui colori sgargianti delle due ruote in esposizione.

Siamo al Salone delle moto. Quando papà mi ha detto che ci saremmo andati non mi sono stupito più di tanto. Di moto ce ne intendiamo.

Il pianeta Terra, nel quale vivo come se fossi un ospite, lo sto girando tutto, letteralmente, in sella dietro di lui. Abbiamo una foto che ci ritrae insieme su una Harley Davidson rossa in una stazione di servizio sulla Route 66, negli Stati Uniti.

La foto è famosa, io e papà sembriamo due ragazzi scatenati e un po' matti. E infatti lo siamo stati, per tutto quel viaggio.

Da lì è nato il libro *Se ti abbraccio non aver paura*, che hanno letto in tanti: avventura, niente prenotazioni, si va dove si arriva, si riparte ma se si ha voglia si ritorna anche indietro perché non si è goduto abbastanza un paesaggio, una spiaggia, un mare o un tramonto.

A scrivere il libro ho partecipato anch'io. Prima di tutto perché sono il vero protagonista: a chi sarebbe interessato un viaggio qualsiasi da una costa all'altra degli Stati Uniti e poi giù in America centrale e in Brasile se non ci fossi stato io a renderlo speciale?

PARLIAMO DEL LIBRO. SO CHE LO STAI LEGGENDO CON MAJLA E MARIANGELA, LE TUE ASSISTENTI A SCUOLA...

Ci sono dentro ad ogni lettera

VUOI DIRE CHE LO STAI LEGGENDO CON INTENSITÀ?

Giusto sono fiero di questo libro che ci lega nel ricordo

QUAL È LA COSA CHE TI È PIACIUTA DI PIÙ FINO ADESSO?

Forse la partenza e il tuo coraggio, iniziare a leggerlo è stato ripartire, del libro mi piace mia parte, la più sentita

COSA INTENDI CON «MIA PARTE, LA PIÙ SENTITA»?

Rompo lo schema appena entro io e questo mi piace

Certo, oltre al motore della storia, che sono io, c'è il coraggio di papà, cioè il suo proposito di metterci in strada nonostante tutti dicessero di non farlo. Una versione amplificata, la sua, delle grandi corse a piedi della mamma per tenermi occupato? Il desiderio di scappare via, nel vento, per vedere se magari l'autismo era più lento di noi e potevamo lasciarcelo alle spalle? Una terapia choc dopo tanti tentativi con medici, maghi, santoni e sciamani? La voglia di provare al mondo che io non sono da meno, ma forse di più di tutti?

Tutte queste cose insieme. E qualcos'altro ancora, che fa parte del segreto della sua vita.

Mi guardo intorno, tra la folla del Salone. Tutti toccano le moto, tutti sognano, tutti si fanno fotografare in sella al loro sogno. Là dove si vedono eroi, io ci sono stato.

Mentre si scriveva il libro sul primo viaggio, ne abbiamo fatto un altro, meno famoso, per buona parte del Sudamerica. Da dicembre a febbraio del 2012, ero al quarto anno delle superiori. Bolivia, Cile, Perú, Argentina, Brasile...

Per me tutto bene, sempre o quasi sempre. Tre mesi di pura fiducia in papà. E tre mesi di fiducia sua in me.

Tre mesi di fiducia anche nel mondo così come si presenta se ci corri sopra e credi che ci sia sempre un pezzo di strada da fare, ancora, insieme:

CIAO. VORREI SAPERE SE TI È PIACIUTO QUESTO NOSTRO SECONDO VIAGGIO.
Sono un viaggiatore contento di vedere paesi lontani e diversi da Italia

NON TI SEI MAI LAMENTATO, VOLEVI SEMPRE PROSEGUIRE, TUTTO ANDAVA SEMPRE BENE PER TE. È STATO PROPRIO COSÌ?
viaggio andato bene

MI È SEMBRATO CHE IN CILE, QUANDO ERAVAMO A SAN PEDRO DE ATACAMA, NEL DESERTO, TI SEI FATTO DUE GIORNI CON FORTE MAL DI PANCIA. È COSÌ O ERA SOLO UNA MIA IMPRESSIONE?
La pancia faceva un po' male

HAI AVUTO ALTRI PROBLEMI? IO MI SONO ACCORTO SOLO DI QUESTO...
Andrea stato bene con papà
grazie

GRAZIE A TE, ANDRE. SE NON ERA PER TE NON AVREI MAI FATTO NEANCH'IO QUESTE MERAVIGLIOSE ESPERIENZE DELLA VITA...
Bello andiamo ancora

ANDRE, ADESSO IO DEVO PENSARE AL LAVORO E TU ALLA SCUOLA, POI VEDREMO, SE SIAMO BRAVI E TUTTO VA BENE, MAGARI SI PUÒ ANDARE ANCORA. DIMMI ALMENO UNA COSA CHE TI HA COLPITO DI QUESTO VIAGGIO...
Montagne alte vicine al cielo mi piace. Perù di piccoli uomini e di tanti colori

BENE. PARLIAMO UN PO' DEL LIBRO CHE STA PER USCIRE. SO CHE SEGUI E ASCOLTI TUTTO QUELLO CHE STA SUCCEDENDO. COSA NE PENSI?
Divento uomo famoso felice di essere famoso
mi piace raccontare esperienze di viaggio.

Oggi qui al Salone delle moto intervisteranno papà per una rivista di motociclismo. Stanno molto a chiacchierare allo stand della rivista per questo. Faccio un giro con Cristy, l'amico che lavora per papà e mi conosce da tanti anni, e con un amico di papà che abita a Milano e ci ha raggiunti qui.

«Il problema è non perderci!» ha esclamato Cristy appena siamo entrati, preoccupato per me.

Ma lui e papà sanno bene come stanno le cose: è più facile che in un posto sconosciuto e pieno di confusione vi perdiate voi normali, piuttosto che io.

Anche in mezzo alla folla cammino davanti a loro, come faccio di solito. Loro due ogni tanto si fermano a guardare le moto e le ragazze. Ma non per questo devono avvisarmi, richiamarmi, dire di avvicinarmi a loro. Io non li perdo di vista mai. Ecco perché all'ingresso papà ha risposto deciso alla preoccupazione dell'amico: «Ascolta, fa' solo questa attenzione: ogni volta che ti sembra di aver perso di vista Andrea in mezzo alla gente, non metterti assolutamente a cercarlo, perché così pensa che vuoi giocare a lui che si nasconde e tu che lo devi trovare. Lascialo andare e sarà lui a tornare sempre da te. Hai capito?»

L'amico ha annuito, poco convinto. Così papà gli ha dato una dimostrazione. A un certo punto io ero davvero lontano e loro tre si sono nascosti apposta dietro un pannello altissimo. Ma io li vedevo, perché in ogni momento tengo d'occhio ogni mossa dei miei punti di riferimento. Li ho trovati subito, anche se tra me e loro c'erano almeno trecento persone che andavano e venivano in tutte le direzioni.

E l'amico era stupito.

Sempre bello stupire gli umani.

Dopo la sosta alla rivista di motociclismo siamo andati alla BMW. Papà deve concludere un accordo con loro per la nostra associazione e anche per sé.

Il nostro ultimo viaggio, quest'anno, quello della foto di me davanti ai Bronzi di Riace a Reggio Calabria, lo abbiamo fatto in sella a una

BMW. Venti regioni d'Italia attraversate o almeno toccate. Sempre evitando le autostrade. Settemila chilometri.

E dovrei perdermi in una piccola fiera?

In viaggio per me non ci sono routine da difendere. Le mie stereotipie disturbano soprattutto in piccoli spazi: una stanza, un'aula di scuola, la sala di un ristorante. Nelle vastità posso perdermi di vista anch'io. Le ore di strada, poi, non mi pesano, perché sto semplicemente abbracciato a papà, senza dover pensare a niente.

Dopo migliaia di chilometri sono fresco come appena partito e andrei avanti ancora. Sono pronto per un pranzo, per un bagno. Per un bar sconosciuto in cui papà, stanchissimo, non ha forze per costringermi a rispettare le convenzioni e allora prende lui direttamente le cose che servono o lascia fare a me, preoccupandosi solo di chiedere scusa per i miei gesti più strani. Magari a gente che, in posti di viaggio, di gente strana ne ha già vista molta.

Un viaggio di migliaia di chilometri è eccezionalità spalmata sui giorni. Ancor più di una vacanza, che di solito acquista anche lei abitudini e dove devi rispettare il luogo in cui stai. Qui passi e via. La mia condizione ideale.

Ma soprattutto:

Io ho privilegio di esperienze umane.

E infatti cosa c'è di più importante, da visitare, delle persone che ti circondano? Quello è un mondo da scoprire, quelle sono cime, deserti, foreste e montagne!

In un bar di Manaus, a diecimila chilometri da casa, ho visto umani di cui voi umani non vi accorgete. E li ho visti perché li ho toccati e si sono lasciati toccare. Ma lo stesso mi accade a Castelfranco, se volete.

Mi piace viaggiare negli uomini e nelle donne, tutte le volte che posso, tutte le volte che me lo lasciano fare.

E come si fa a viaggiare dentro di loro se non si fanno toccare?

Anche queste ragazze della fiera, che tutti ammirano tanto, praticamente non le vedo, se non posso toccargli la pancia.

E di pance e cuori ce n'è in tutto il mondo.

Ciao a tutti viaggio desidero
guardare gente di altri paesi
toccare persone nuove
io felice di vedere il mondo

11

Spazio, controllo assoluto, tempo e caccia all'uomo

Ho viaggiato per centinaia di chilometri nel Midwest americano e ho ammirato panorami mozzafiato dai versanti delle Ande. Ma per sentirmi un re devo stare nel piccolo spazio dove abito sempre.

Nel corso di un viaggio transcontinentale accetto tutto quel che viene senza lasciarmi turbare da nulla, come se fossi in una lunga, lunghissima marcia di trasferimento da una stanza all'altra. Ma a casa mia, tra camera da letto, bagno, sala, balcone e cucina, non voglio la minima sorpresa. Di questo piccolo regno conosco tutto, e con *tutto* intendo ogni minimo dettaglio. E qui niente può cambiare senza inviarmi un doloroso campanello di allarme, come se si presentasse una minaccia terribile che deve subito essere sventata.

È capitato che mi trovassi già da ore fuori casa per un impegno e che facessi impazzire tutti, intorno a me, solo perché prima di uscire frettolosamente per uno «Sbrigati, sbrigati!» di papà non avevo fatto in tempo a spostare di tre dita una tenda o a chiudere bene una finestra.

Anche qui parliamo di una divisione tra interno, cioè la mia stessa persona, ed esterno, cioè l'ambiente e tutti i suoi elementi. Su me stesso il mio controllo è complicato e fonte di ansia continua; su queste porzioni di mondo ben definite, invece, la mia vigilanza è assoluta e dunque è forte il senso di sicurezza che ne traggo.

* * *

A proposito del mio rapporto con l'ambiente, papà ogni tanto fa un piccolo test. Quando al mattino si sveglia e si prepara prima di me, a volte mi lascia dormire e, in silenzio, si aggira per la casa spostando una serie di oggetti in un ordine leggermente diverso rispetto a quello che io ho nella mente. Il telecomando della televisione avanza di qualche centimetro rispetto al perfetto allineamento con il bracciolo del divano, le finestre sono una serrata e l'altra socchiusa, il miscelatore del rubinetto in cucina si inclina di qualche grado verso il simbolo dell'acqua calda, l'ordine delle venti foto sulla parete lungo le scale che portano di sopra cambia di poco.

Finita l'operazione, papà scende e va a bersi il primo caffè. Poi torna su e mi trova ancora addormentato, ben nascosto sotto il piumone.

«Andrea, è ora di svegliarti!»

Rispondo con un grugnito.

«Ti sei alzato, mentre ero via, o hai continuato a dormire?»

«Ho dormito», rispondo.

«E invece no», dice lui, «ho visto che ti sei alzato. Hai fatto il giro della casa.»

E io rido perché ancora una volta lui mi ha scoperto. Appena esce non posso resistere alla tentazione di alzarmi subito e ispezionare ogni stanza. Gli oggetti che lui ha messo *in disordine* li individuo in pochi istanti e li sistemo *come devono stare.*

Le finestre devono essere o tutte chiuse o tutte aperte. Il rubinetto in cucina deve essere perfettamente dritto. Il telecomando deve essere parallelo al bordo del bracciolo del divano. Le foto hanno un ordine fisso, presto ristabilito.

Fatto tutto, do un'ultima occhiata rassicurante in giro e posso tornare a dormire. In poco tempo riesco anche a riaddormentarmi, così quando arriva papà mi sveglia davvero.

Di questo controllo del territorio, in realtà, io ho bisogno ovunque. E questa esigenza indomabile a volte mi costringe a fatiche importanti.

Un giorno papà si è stupito di vedere che avevo riportato nell'esatta posizione precedente la serie di grossi e alti vasi per piante che teniamo sul balcone. Lui aveva lavorato e sudato parecchio per radunarli tutti insieme da un lato in vista della brutta stagione e un po' si è arrabbiato.

Ma ormai, dopo tanti anni, le sue arrabbiature con me durano poco.

Insomma, la casa per me è casa davvero, con un'intensità e una cura del dettaglio che a voi sono ignote.

Un giorno, dialogando con la scrittura facilitata con la mamma:

Di ritorno a casa voglio andare
Giro basta

PERCHÉ VUOI ANDARE A CASA?
E brucio paure

BRUCI PAURE SE STAI A CASA TUA?
Sì tranquillo

A PROPOSITO DI CASA, HAI SENTITO CHE IN ESTATE CI TRASFERIREMO NELLA CASA NUOVA?
Sì

TI VA DI ANDARE NELLA CASETTA NUOVA CHE HA UN BEL GIARDINO?

Esito. Cambiare casa. Un concetto al quale non riesco nemmeno a pensare. Ma mamma è contenta, si vede. E questa idea del giardino sembra farla particolarmente felice.

Rispondo:

Sì.

Anni dopo, tornati io e papà da uno dei nostri viaggi lunghissimi:

A ME È SEMPRE SEMBRATO CHE IL TUO ATTEGGIAMENTO FOSSE SEMPRE UGUALE, ANCHE QUANDO C'ERANO EMOZIONI FORTI MI SEMBRAVA CHE PER TE ERA COME ESSERE NEL GIARDINO DI CASA.
VORREI SAPERE SE È PROPRIO COSÌ O SE PROVI EMOZIONI DIVERSE...

Andrea prova tante emozioni senza controllo ritiro mia mente in stereotipie per sopportare disagio.
Giardino bello stare piace.

MA STARE IN GIARDINO O ANDARE IN GIRO PER L'AMAZZONIA È LA STESSA COSA PER TE?

Bella domanda. La prima risposta che mi viene in mente sarebbe sì. Ma se ci penso bene mi accorgo che non è così semplice. Dal mio punto di vista potrei addirittura dire che tra l'Amazzonia e il giardino di casa sto meglio in giardino, cioè al sicuro e con pieno controllo. Ma so anche che in giardino non ho quasi mai vicino un papà così eccitato e contento come quando siamo stati in Amazzonia. È più facile, di solito, che in giardino e in casa ci sia il papà preoccupato per il lavoro.

O per me...

Dunque, ricapitolando: in Amazzonia ho meno controllo, perciò tendo a escludere, mentre sono lì, le emozioni che mi trasmette; ma alla sensazione di benessere e sorpresa che mi giunge da mio padre in quel momento non rinuncerei mai.

Perciò ecco la mia risposta:

Natura diversa Andrea piace andare in viaggio.

Del controllo del territorio, come ho già detto, in realtà io ho bisogno ovunque. La mia vigilanza sugli ambienti di casa non è che la versione domestica, e per me facilmente gestibile, del mio sforzo continuo di fotografare e dominare qualsiasi spazio, che sia un bar, un supermercato, il padiglione di una fiera di motociclismo che vedo per la prima volta. Di casa mia so tutto a memoria, in qualsiasi altro ambiente uso il tempo che ho a disposizione per impararlo meglio e il più rapidamente che posso.

Lavoro con un punto di riferimento, che individuo subito appena entro. Poi disegno nella mente, e se posso muovermi liberamente percorro con il corpo, cerchi concentrici sempre più ampi, senza mai perdere il contatto visivo con il punto di riferimento. Così non mi perdo in nessun luogo, anche nuovo per me e anche molto affollato.

Se il punto di riferimento sono persone che conosco, papà, mamma, Cristy, un amico, il punto magari si sposta, ma io lo tengo d'occhio, lo fisso nella mia mappa visiva e mentale e tutto il mondo, me compreso, per me ruota intorno a quel punto.

Quindi nel mondo non mi perdo mai.

A meno che non lo voglia:

CIAO, ANDRE, VORREI SAPERE SE TI RICORDI DELLA VOLTA CHE TI SEI PERSO IN BRASILE E TI ABBIAMO TROVATO DOPO 5/6 ORE...
AVEVI SETTE ANNI...

Ti sei ricordato solo adesso di quel giorno papà.

PRIMO, LO RICORDO SEMPRE E NE ABBIAMO PARLATO MOLTO.
SECONDO, LA DOMANDA È RIVOLTA A TE...

Mi ricordo la confusione che ho provato fatti molti non ne ricordo.

Sono reticente, lo so. C'è una cosa di cui non posso parlare apertamente. Se mi sono perso, cioè se sono andato via da tutti di mia spontanea volontà, visto che grazie al mio sistema perdermi non può accadermi mai, era perché volevo giocare. Volevo essere cercato e trovato, e pensavo che questa fosse la cosa più divertente al mondo per tutti.

Il mio contributo al divertimento del viaggio.

Papà prosegue:

LA SBERLA CHE HAI PRESO TE LA RICORDI?

Mai data, noi ci capiamo, così racconto triste per mamma.

TI HA TROVATO MARCO LA SERA AL BUIO LUNGO LA STRADA...
COSA HAI FATTO TUTTE QUELLE ORE?

Sono stato solo non ho ricordi di persone vicine a me. Solo tanti miei passi per ritrovarti.

Non venivi, papà, e io non capivo. Non capivo che per te, che per voi, fosse così complicato trovare una persona preziosa nel mondo. Non capivo, non potrò mai, la vostra fatica, il vostro limite.

State nel mondo distratti dal mondo perché cercate sempre di prenderlo tutto insieme. Invece è il dettaglio che può fare da punto di riferimento. Se hai qualcosa o qualcuno intorno a cui ruota tutto, non lo perdi e non ti perdi.

Quanto al tempo che passava: mistero, per me. Che significa «5/6 ore»?

Io non ragiono in termini di orologio.

Io ragiono in eventi.

Se per 5/6 ore, come dite voi, a me non è capitato nulla che valesse la pena ricordare, vuol dire che sono stato via un attimo.

Nessuno che voglia farsi capire da me circa il tempo mi dice: «Ci vediamo tra un'ora». Deve dirmi: «Ci vediamo dopo il film», o «Ci vediamo dopo che hai fatto ABA con Emanuele». ABA con Emanuele non è «due ore con Emanuele», ma una serie di faticose operazioni.

Il tempo non esiste. Esistono gli eventi, con la loro qualità.

Buona qualità = buon tempo. Cattiva qualità = cattivo tempo, da annullare, da non ripetere, se proprio non sei obbligato.

Imparatelo, umani!

Luglio 2013:

CIAO, ANDRE,

VORREI CHE CI DICESSI QUALCOSA DELLA REGATA IN CANOA DI SABATO CON DANIELE, MASSIMO E I CAMPIONI DEL RUGBY... CENTO CHILOMETRI PIRANO-VENEZIA-MIRANO NON SONO POCHI.

Esperienza bella Andrea divertito
Ho condiviso impresa sportiva con fantastiche persone.
Chiedo scusa della mia fuga
Bisogno non controllabile di stare solo
Andrea chiede riposo

È successo che a un certo punto sono sparito. Eravamo in tanti. Ci stavamo sistemando per cenare all'aperto insieme, tutti i partecipanti alla regata. Poi avremmo dormito lì.

Io volevo stare solo.

Per me è stato un attimo allontanarmi da tutti.

Loro mi hanno trovato il mattino dopo, a sei chilometri di distanza, lungo il ciglio di una strada in salita che si inerpicava su una collina, verso un cimitero.

Mi hanno cercato in tanti: carabinieri, polizia locale, volontari. Mi cercava anche una motovedetta in mare, perché potevo esserci caduto dentro.

Avevo camminato per un tratto, poi avevo aspettato. Senza pensieri.

Una camminata e poi probabilmente una lunga attesa: dalle undici di sera alle cinque e mezzo del mattino dopo.

Per me, un solo momento.

12

A spasso in bicicletta

STABILITO che il controllo sul territorio non mi manca e che so come muovermi, la parte difficile per quelli che mi vogliono bene è accettare che io mi muova da solo.

A sei anni, senza che nessun adulto mi spiegasse come fare o mi accompagnasse con la sua mano ferma per le prime pedalate, ho imparato ad andare in bici. Per me è stata una cosa naturale: vedevo gli altri che ci andavano, perciò ho preso una bici, sono salito e ho cominciato a viaggiare. Punto.

È accaduto così anche per il nuoto.

Comunque, per restare alla bici, alle superiori finalmente andavo da casa a scuola e ritorno in bici da solo:

MI HANNO DETTO CHE QUANDO VAI A SCUOLA IN BICI CONTINUI AD ATTRAVERSARE GLI INCROCI CON IL ROSSO E CORRI IN MEZZO ALLA STRADA FACENDO FARE LA FILA ALLE AUTO...

Verità

NON PUOI ANDARE DA SOLO SE FAI COSÌ

Devo migliorare

ANDRE... SI ASPETTA IL VERDE AL SEMAFORO E SI DEVE CORRERE A DESTRA DELLA STRADA CON LA BICI... ALTRIMENTI PRIMA O POI A SCUOLA DA SOLO NON CI POTRAI PIÙ ANDARE...

Voglio andare da solo
eseguo regole di strada

E MI SPIEGHI COSA SONO QUEI GIRI CHE FAI SU TE STESSO QUANDO CAMMINI... HO VISTO CHE LI FAI ANCHE CON LA BICI...
Percorso segnato io vedo

MI PUOI SPIEGARE MEGLIO...
Vedo direzione Andrea segue

Papà legge e rimane interdetto. Guarda la mamma, che non sa cosa pensare. Insieme guardano Chiara, la psicologa, che alza le spalle e fa un sorriso simpatico.

Nessuno ha niente da dire.

Papà conclude, per ora:

VA BENE, RESTA UN MISTERO.
SICURO CHE SEGUI LE REGOLE DI STRADA???
sì sì
ciao

I misteri a papà non piacciono molto. Forse non piacciono a nessuno.

Ma come, penso io, quando andate in giro per strada voi non seguite un percorso che sta nella vostra mente? Come fate a non diventare matti dovendo muovervi nella giusta direzione e contemporaneamente tenere d'occhio tutti gli altri che si muovono sulla strada insieme a voi?

Facciamo che ciascuno abbia la sua strada da seguire, diversa da quella degli altri, e così non ci incrociamo, dico io.

Ma evidentemente questa mia soluzione non è accettabile.

Un mese dopo:

ANDRE, DOBBIAMO PARLARE ANCORA DI QUANDO FAI LA STRADA PER ANDARE E TORNARE DA SCUOLA IN BICI E A PIEDI.

Tu non sei autistico
vuoi provare a agire con la mia testa

Questa volta sono sulla difensiva. So che ne stanno parlando tra loro da un po' e che stanno pensando di impedirmi di muovermi da solo. Qualcuno è venuto a lamentarsi che quando sono per strada gli tocca stare attento a non investirmi. A quanto pare non lo faccio correre come vuole lui.

Ma se io arrivo sano e salvo dove devo arrivare, perché non è contento anche lui di arrivare sano e salvo come me?

A volte penso che basterebbe mettere lungo le strade uno di quei cartelli che avvisano in montagna del possibile attraversamento animali. Se lungo i miei tragitti ci fossero cartelli con scritto: ATTENZIONE, ATTRAVERSAMENTO AUTISTICI non dovrebbero tutti stare attenti? Se vedi il cartello con sopra un capriolo non puoi pretendere poi che il capriolo proceda a destra!

Ma chi glielo spiega, il mio punto di vista?

E poi mi viene il dubbio che, per qualche misterioso motivo, ha una parte di ragione anche chi si lamenta di me...

SE VUOI ANDARE A SCUOLA DA SOLO NON ESISTONO SCUSE, CI SONO DELLE REGOLE CHE VANNO RISPETTATE.
IN BICI:
- NON SI PASSA CON IL ROSSO MA CON IL VERDE
- NON SI CORRE IN MEZZO ALLA STRADA MA A DESTRA
A PIEDI:
- SI DEVE ARRIVARE ALLE DIECI, QUINDI NON TI PUOI FERMARE ORE IN GIRO
- NON PUOI TOCCARE TUTTI I BIDONI DELL'IMMONDIZIA
- NON SI ENTRA NEI BAR O NEGOZI A PRENDERE ROBA SENZA PAGARE
- DEVI FARE IL GIRO PIÙ CORTO (BORGO TREVISO) E NON PER LA STAZIONE
... ALTRIMENTI A SCUOLA DA SOLO NON CI VAI PIÙ E FINE DEL PROGRAMMA DI AUTONOMIA, CHIARO?

Troppe cose, e poi tutte insieme. Batto sui tasti la mia ritirata:

Non ce la faccio papà.

Lui mi guarda con tutto l'amore che c'è al mondo. Sento che ha paura, e di più cose nello stesso tempo. Una paura complicata, la peggiore. Non vuole fermarmi, ma neppure sa come lasciarmi andare per il mondo senza doversi preoccupare.

Almeno non ancora.

Prende una decisione e batte i tasti quasi fosse colpa loro.

VUOI CHE FACCIAMO LA STRADA QUALCHE VOLTA INSIEME COSÌ IMPARI?
Buona idea, io guidato vado per imparare dopo lo faccio solo io.

Devo difendere lo spazio che mi sto conquistando. Ma devo anche capirli. Questa seconda cosa per me è praticamente impossibile, perciò non resta che sottoporsi all'ennesimo addestramento. Come al solito che loro stiano bene per me è più vitale di ogni altra cosa.

OK. NEI PROSSIMI GIORNI FARAI ANDATA E RITORNO CON CRISTY O ILEANA.
POI ANDRAI DA SOLO E VEDIAMO SE MI CHIAMANO ANCORA LE PERSONE PER DIRMI CHE NON VA BENE...
CHE NE PENSI?
Bene bisogna migliorare, vero Franco forte bisogno ho di te.

13
ABA in bagno

MUOVERMI nel mondo è questione di non perdere i miei punti di riferimento e di rispettare le regole che mi indica papà.

Muovere me stesso e dominarmi per compiere le azioni che per voi sono semplici è questione di procedure da imparare a memoria:

Grande fatica mi costa vivere...
Io resto poco controllo mio corpo

L'ABA, la mia università, serve anche a questo.

Per esempio, il programma di autonomia prevede che io, a vent'anni, finalmente impari a farmi la doccia da solo.

Emanuele e Marcello, che si alternano nel programma una mattina a testa, lavorano su questo da circa tre mesi.

L'operazione di farci una doccia, se non lo sapete, si può scomporre in almeno una decina di sotto-operazioni. Un gesto è aprire l'acqua. Un altro è sentire se l'acqua ha la giusta temperatura. Un altro è dirigere il getto contro di sé, di solito sulla testa. Un altro è prendere il sapone e cominciare a lavarsi la faccia. Un altro è lavarsi il petto e le braccia. Un altro lavarsi il ventre e il pube. Un altro prendere lo shampoo e versarsi lo shampoo sulla testa. Un altro è spargere lo shampoo sui capelli. Un altro infilare le dita tra i capelli e massaggiare vigorosamente perché si lavino. Un altro è sciacquare i capelli sotto il getto dell'acqua continuando a massaggiarli. Un altro è sciacquare con cura tutto il corpo finché tutto il sapone e tutto lo shampoo sono andati via. Poi c'è asciugarsi con l'asciugamano e fonare i capelli, e infine pettinare, o meglio ravvivare i capelli, perché i miei sono ricci.

Ciascuna di queste operazioni costituisce una sequenza che io ho imparato a memoria. Non nel senso che ho imparato a memoria nella mia testa la serie che ho appena descritto: sapere la *teoria* delle cose da fare a me non serve quasi a nulla. Quello che deve imparare è il mio *corpo.*

Perciò succede così.

Io faccio la doccia con l'operatore ABA al mio fianco.

Sono io che faccio una dopo l'altra le cose. Lui mi ha insegnato, giorno dopo giorno, quale gesto deve essere fatto per primo, quale gesto lo segue e così via. Ogni gesto è stato provato e riprovato da me finché non ho imparato a eseguirlo correttamente. Memorizzata questa sequenza, nel corso di almeno due mesi di lavoro, l'ultima fase che gli operatori devono seguire prima di lasciarmi solo a fare una doccia è affiancarmi mentre la faccio e «ricordarmi» che devo passare a ogni fase successiva della sequenza di azioni corrette toccandomi il braccio (segnale che di solito mi sblocca) o, in via di perfezionamento, prendendomi le mani e avviando il gesto che tocca fare in quel momento.

Per me ci vogliono tre, quattro mesi, forse di più, per imparare a fare una doccia come si deve. Dopo questo periodo di intenso lavoro potrò lavarmi da solo quando papà mi dirà: «Fatti la doccia». Oppure, meglio ancora, sarò abituato a inserire la doccia nella sequenza completa delle operazioni mattutine che vanno dall'alzarmi dal letto al vestirmi: alzarmi-andare in bagno-spogliarmi-fare la doccia-sistemare i capelli-tornare in camera-scegliermi i vestiti (sequenza completa, ovvero mutande, calzini, pantaloni, maglietta, felpa, che si complica quando devo rispettare indicazioni relative alla stagione: non insistere a mettere un maglione che mi piace e mi rassicura d'estate e non pretendere di mettere solo una maglietta arancione d'inverno...)-vestirmi-andare in cucina e fare colazione-tornare in bagno e lavarmi i denti.

Tempo previsto per tutta l'operazione mattino: 35-40 minuti. Come se dovessi andare in ufficio. E infatti l'ufficio ce l'ho eccome, ad aspettarmi: il programma ABA (tipo andare al bar a fare colazione, invece che farla in cucina) di solito prosegue serrato fino a dopo mezzogiorno.

Per la cronaca, segnalo che anche l'operazione di lavarsi i denti si compone di una serie di sotto-operazioni. Quelle base sono prendere il dentifricio e lo spazzolino, spargere la giusta quantità di dentifricio sullo spazzolino, lavarsi i denti, sciacquare i denti.

Tutti fanno queste cose, al mattino, senza pensarci affatto. Spesso lo fanno ancora semiaddormentati, tanto è automatico!

Per me non è così semplice.

In primo luogo la questione delle quantità è una vera croce. Per me fermarmi quando verso qualcosa è uno sforzo enorme. Perciò, per esempio, durante la doccia, quando è il momento giusto, afferro una piccola confezione monodose di sapone liquido da una mensola del bagno. Per il dentifricio c'è il tubetto, e io devo imparare a stringerlo non troppo forte e non troppo piano e non troppo a lungo.

In secondo luogo, spazzolare i denti è una sequenza di almeno sette operazioni diverse: spazzolare i denti in basso a destra, spazzolare i denti in alto a destra, poi i denti in basso a sinistra, poi quelli in alto a sinistra, poi dall'alto al basso e viceversa i denti centrali, poi sciacquare con l'acqua che ho prima versato in un bicchiere dal rubinetto.

Ora, nessuno degli umani normali pensa a tutte queste cose mentre si lava i denti: le fa e basta. Io, invece, devo sempre «ricordarmi» di passare da una fase all'altra. Se non me lo ricordo, mi blocco e resto a lungo a strofinarmi i denti in una sola posizione, magari in basso a destra, e continuo così non si sa fino a quando. O meglio, si sa: di solito fino a quando papà mi grida: «Muoviti! Siamo in ritardo!» e io interrompo tutto, lavandomi di fatto solo quei denti e non gli altri.

Perciò Emanuele e Marcello mi stanno insegnando anche a

memorizzare e ad amministrare questa sequenza. Per farlo, ogni tanto mi afferrano la mano mentre mi lavo i denti e cambiano verso.

Lo faranno finché non avrò imparato tutto e potrò ripeterlo da solo.

Per tutta la vita.

Un amico di papà è stato tanti anni in Giappone per lavoro.

Quando gli hanno spiegato questa cosa delle sequenze in cui si può smontare un'operazione come farsi una doccia e della cura che devo metterci a impararle tutte e a memorizzarle nel mio corpo nel loro giusto ordine e durata, trasformandole in un rito immutabile che osserverò da quel momento con sacra applicazione, ha esclamato: «Ma Andrea è come un antico maestro del tè, che vigila sulla cerimonia della preparazione e degustazione della divina bevanda perché l'anima ne tragga insegnamenti sull'armonia nascosta nell'universo!»

Ecco, ho pensato, c'è un segreto in ogni cosa. A me tocca impararlo, voi lo fate e basta.

E chissà chi ne sa di più.

14

Da perché gli alberi sono caduti a Primo Levi

DEVI saper fare tutto, per stare al mondo.

Devi anche sapere il nome delle cose, i numeri e le lettere. E poi sapere interpretare nel modo giusto le azioni della gente.

Devi sapere tutto, tutto: là fuori è una giungla!

Emanuele e Marcello vogliono addestrarmi a ogni evenienza. Perciò cercano di tenere in esercizio la mia mente.

Ora, io a scuola ci sono andato per molti anni. Ho anche la maturità, per la quale ho studiato e per la quale ho scritto il celebre tema sull'arte. Ho anche superato molto bene gli orali, sempre con il sistema della scrittura facilitata.

Cosa ho imparato in lunghi anni di elementari, medie e superiori?

Tutto il possibile.

Alle elementari, prima di tutto, ho imparato a leggere e scrivere. E come ho imparato? Senza che nessuno se ne accorgesse.

Allora ero un autistico molto difficile. Stavo in classe, in prima elementare, e disturbavo. Seguivo le mie stereotipie, facevo versi e battevo le mani. Spesso l'insegnante di sostegno mi lasciava strappare fogli di carta in mille pezzi, almeno stavo fermo per un po', oppure mi portava fuori per lunghi periodi di tempo.

Nessuno si accorgeva che mentre facevo tutto questo, ascoltavo.

E imparavo.

Sta di fatto che la scoperta che io sapessi leggere è avvenuta quasi per caso, nell'estate tra la prima e la seconda. Un giorno, una delle operatrici di un campo estivo dove mi avevano mandato per stare insieme ad altri ragazzi difficili lo ha capito e lo ha detto a mio padre: «Andrea sa leggere». Lui non ci credeva. Lei ha insistito: «Sì, legge i cartelli».

E se sapevo leggere, sapevo anche scrivere.

Un paio d'anni dopo è cominciato il percorso della scrittura facilitata.

Allo stesso modo, ascoltando e immagazzinando informazioni nella mente, ho imparato tutto quel che la scuola voleva farmi imparare.

Quinta elementare:

PERCHÉ GLI ALBERI SONO CADUTI?
Perché sono stati travolti da una valanga.

CAUSA:
La valanga

CONSEGUENZA:
Gli alberi sono caduti

BRAVO, ANDREA!
ADESSO, CAMPIONE, DOBBIAMO FARE UNA PICCOLA VERIFICA DI INGLESE.

L'insegnante mi mostra delle illustrazioni e delle parole dal libro di inglese, e io scrivo:

computer kite car football skateboard guitar
salad yellow bathroom pencil shirt television

ORA LE FRASI CHE HAI IMPARATO.
Yes, I've got
My favourite toy is football
bye bye

Presto si è capito che le mie conoscenze permettevano di dialogare con me a proposito delle cose che vivevo e di come mi comportavo. E che potevo imparare l'italiano a partire dalle mie esperienze:

Io ho fatto la pipì in giardino perciò punito poi sarò
Io ho fatto la pipì in giardino: punito poi sarò
Io oggi sono pensieroso perché io ieri mi sono comportato male.
Io oggi sono pensieroso: io ieri mi sono comportato male.

Io ho fame per cui mangerò.
Io ho fame: mangerò

VA BENE, ANDREA

Tra elementari e medie le mie esperienze di vita ce le mettevo comunque, anche a costo di andare fuori compito. Tanto è la vita che conta.

Ecco un dialogo con Majla, la mia insegnante di sostegno:

CIAO, ANDREA, COME HAI SENTITO ADESSO DOBBIAMO FARE UN TESTO PER LA RECITA: LA PALESTRA CHE VORREI.

Io immagino nella mia scuola una palestra enorme, poi io non volevo privarmi dell'intervallo ma io ho fatto la pipì fuori perché io ti volevo ferire perché io sono infelice quando io rimango con i miei compagni.

PURTROPPO, ANDREA, SE FAI DELLE COSE SBAGLIATE PER FERIRE GLI ALTRI NON RISOLVI IL PROBLEMA MA LO PEGGIORI.

E POI TI HO GIÀ SPIEGATO CHE DURANTE LA RICREAZIONE NON PUOI STARE ATTORNO ALLE MAESTRE, MA DOVE SONO GLI ALTRI BAMBINI. NON RIESCO A CAPIRE LA TUA DIFFICOLTÀ PERCHÉ QUANDO FACEVAMO LA RICREAZIONE DAVANTI ALLA SCUOLA TU NON PRETENDEVI DI RIMANERE ATTORNO ALLE MAESTRE MA TE NE STAVI TRANQUILLO PER I FATTI TUOI, MENTRE ADESSO FAI TUTTE QUESTE STORIE.

Io prima avevo i miei posti preferiti poi per imparare a stare con gli altri ho bisogno di tempo.

PURTROPPO NON È COLPA MIA SE NON SI PUÒ PIÙ STARE DAVANTI ALLA SCUOLA, NEANCHE A ME PIACE STARE DIETRO MA È UNA SITUAZIONE CHE DOBBIAMO ACCETTARE FINO A QUANDO NON SISTEMANO. MANCANO VENTI GIORNI ALLA FINE DELLA SCUOLA E SIAMO TUTTI STANCHI, QUINDI IO CREDO SIA IL CASO DI AVERE MAGGIORE PAZIENZA.
Va bene.

Non sempre mi adattavo:

HAI CAPITO IL SISTEMA METRICO DECIMALE?
sì

È FACILE O DIFFICILE?
resta facile

MA NON VUOI FARE I COMPITI...
Una burla sono
facile noia

E DI INGLESE TI RICORDI LE PARTI DEL CORPO CHE ABBIAMO LETTO?
Sì

COSA VUOL DIRE *BIG EARS*?
Grandi orecchie

E *A LONG NECK*?
lungo collo

SMALL EYES?
piccoli occhi

TI PIACE LA POESIA *AUTUNNO*?
No noia non piace

MA È DA IMPARARE A MEMORIA
No io uomo nuvoloso

E CHE UOMO SEI?
Uomo di mare estivo magico

MAGICO...
Il mare ha tutto dentro

COSA HA DENTRO?
I sassi grossi parlano

E COSA DICONO?
Fai tuffo

MA ALLORA TI TUFFI PERCHÉ I SASSI TI CHIAMANO?
Sì, piace
fare basta ciao

La professoressa voleva farmi imparare la poesia triste di un altro a memoria. Ma il poeta ero io!

Imparavo anche per prove ed errori, e per fortuna c'era sempre qualcuno che mi incoraggiava. Ecco un dialogo con Mariangela come facilitatrice e papà:

Bisogno di domande difficili così mi concentro

AGLI ORDINI!
MATEMATICA TI VA BENE?
Super

SE DEVO ANDARE A ROMA CHE DISTA 600 KM DA QUI E HO PERCORSO 250 KM, QUANTI KM DOVRÒ ANCORA PERCORRERE?
450

SICURO?
450 + 250 = 700
Fermo non gestisco emozioni
bisogno silenzio

Ho sbagliato, lo so benissimo. La cosa mi manda in confusione. Comincio ad agitarmi e vorrei scappare via.

COME TI DICIAMO A SCUOLA: CHIUDITI LE ORECCHIE E RIMANI CONCENTRATO QUI, OK?

Te fai facile

CERTO, SE IO MI PREOCCUPO TU TI AGITI, SE IO SONO TRANQUILLA TU SEI TRANQUILLO...
VUOI RIPROVARE?
Mariangela tu stai dura io rinuncio
Mi manca forza
Ho terrore di sbagliare

SCUSAMI MA MI SEMBRA CHE LA SETTIMANA SCORSA CI SIETE RIUSCITI E NON VEDO MOTIVI PER CUI NON POSSIATE RIUSCIRE ANCHE OGGI. IO SONO QUI E SAI CHE CREDO MOLTO IN TE, NON ESSERE COSÌ DURO CON TE STESSO, CE LA FAI!
Non riesco troppo rumore

Quest'ultima voce era quella di papà. Grande guerriero!

Intanto, negli stessi mesi, ecco intervenire la mamma, a sostenermi e incoraggiarmi:

GRAZIE DI COSA?
Fiducia di mio genio.

PENSI DI ESSERE UN GENIO?
Grandi idee

GRANDI IDEE DI...
come fare

COME FARE COSA?
scuola facile per me

E COSA PROPONI PER RENDERE LE COSE FACILI?
Sssstudio pari e regola faccio bene

TI TROVI BENE QUANDO LEGGIAMO INSIEME LE MATERIE DA STUDIARE?
Sì

E A SCUOLA TI PARE DI CAPIRE BENE?
Vedo tutto

A volte le parole si facevano difficili, ma studiando tutto si sistema in un ordine che posso apprezzare:

ANALIZZA I SEGUENTI VERBI
APPARIRAI:
VOCE DEL VERBO *apparire*
CONIUGAZIONE *3*
MODO: *indicativo*
TEMPO: *futuro*
PERSONA: *2s*
TRANSITIVO O INTRANSITIVO?
Intr
ATTIVO O PASSIVO?
At

MOLTO BRAVO, ANDREA

Poi le parole è meglio usarle. Anch'io, che pure faccio fatica a esprimermi, in terza media scrivevo così:

Ragazzo autistico sono io con povere risorse ma consapevole di essere forte adolescente
paure come tutti i miei compagni ho di diventare vero adulto con intelligente cuore
voglio vita piena di lunghi pensieri per altri indifesi amici
unico scopo servire con tanti sogni per aiutare gente che bisogno doloroso ha.
Tantissimo ho da dare. Dico sono tanto diverso con figura fuori uguale agli altri dentro giostra di colori ho. Niente di stonato. Universo con pianeti da scoprire ho nel mio diverso cervello di ragazzo che lotta per crescere migliore.

Rileggendo questo tema, mi viene il dubbio che sia migliore di quello della maturità...

* * *

Intanto mi facevo un'idea sulla storia:

LA TUA PROF DI ITALIANO DESIDERA SAPERE COME HAI VISSUTO LA VISITA AL MUSEO SULLA PRIMA GUERRA MONDIALE
Dico molto forte

FORTE?
Dura visita ho visto ricordi

RICORDI?
Brutti feriti soldati che armi di pericoloso potere usavano, non mi è piaciuta gita non riuscita

SALVIAMO QUALCOSA A QUESTA GITA?
Pezzo di vita storica che non va dimenticata

Altro argomento:

QUALI ERANO I TRE OBIETTIVI FONDAMENTALI DEL NUOVO COLONIALISMO?
Bisogno di risorse espandere potenze occidentali portare nuove industrie all'estero

PARLAMI DELLA GUERRA DELL'OPPIO...
Guerra tra Cina e Gran Bretagna perché inglesi volevano oppio dei cinesi che non volevano invece vendere la droga

O forse erano i cinesi che non volevano più la droga degli inglesi? Difficile orientarsi con tutti questi stupefacenti di cui avete bisogno per fare come me sogni colorati...

Su Primo Levi, ultimo anno delle superiori:

Essenziale è non dimenticare che la storia e la nostra Vita pagine di ricordi che costruiscono nostro futuro. Niente va dimenticato. Facile portare con memorie di eventi positivi difficile riflettere su momenti bui che come uomini onore non ci fanno.

Ho molto da imparare dalle righe di dolore di questo grande uomo
che ci ha lasciato enorme eredità

Uomo non è animale
lo diventa se subisce
cattiveria altrui.
Importante dico è distribuire Amore unito a fiducia nell'umanità

Ma la scuola continua anche oggi...

15

Educazione siberiana

La vita là fuori è una giungla.

Perciò, tutta la scuola che ho fatto non basta.

Io conosco il risultato dell'operazione 600 – 250, e so anche risolvere dei problemi. Ma imparare a usare i soldi e farmi dare il resto in un bar è una cosa diversa. È la vita vera.

E in fondo chi si muove e fa la spesa e sta composto con gli amici al bar grazie al fatto che conosce la capitale del Portogallo?

Quindi, anche per me, la scuola che ho fatto è stata importante per stimolarmi e farmi stare al passo con gli altri, ma le abilità di base che mi servono per vivere davvero le devo imparare adesso, all'università dell'ABA.

Dopo avermi aiutato a memorizzare la sequenza delle operazioni mattutine, e magari dopo avermi accompagnato al bar a fare colazione come deve essere fatta, Emanuele si dedica alla fase teorica della mia mattinata ABA.

Siamo seduti l'uno di fronte all'altro. Lui dispone sul piano del tavolo che sta fra di noi una serie di cartoline e piccoli cartoncini. Ciascuna cartolina è la foto di un oggetto o di bambini impegnati in azioni diverse. Sui cartoncini, invece, ci sono lettere e numeri.

«Per cosa lavoriamo?» mi domanda. «Per un abbraccio o per un po' di musica ad alto volume?»

«Musica», rispondo io.

Se farò bene l'esercizio avrò come premio qualche minuto di musica ad alto volume dal cellulare di Emanuele o da un televisore che è nella stanza, sintonizzato su un canale di video musicali.

Ora l'esercizio può cominciare.

«Cos'è questo?» chiede Emanuele indicando una cartolina.

«Mela.»

La risposta che ho dato è giusta e ho pronunciato abbastanza bene la parola. Perciò Emanuele mi dà un piccolo cartoncino che rappresenta un gettone punto. Io aggiungo il gettone che ho guadagnato alla mia griglia dei punti, un cartoncino suddiviso in diciotto scomparti che devo completare come una cartella della tombola.

«Cos'è questo?»

«Hamburger.»

«Questo?»

«Pigiama.»

«Questo?»

«Patatine.»

Tre risposte giuste una dietro l'altra: mi merito un secondo punto che appiccico subito alla griglia.

«Dimmi dov'è la mela.»

Tocco la cartolina con la mela.

«Dimmi dov'è l'anguria.»

Esito un poco, poi tocco la cartolina con la fetta d'anguria bella rossa.

Due risposte giuste, un gettone punto. E sono a tre.

Poi si passa a qualcosa di più difficile. Emanuele indica in rapida successione altre cartoline. Sono foto di bambini che compiono ciascuno una certa azione.

«Cosa succede qui?»

Sono pronto, l'ho già vista molte volte.

«Bambino che si arrampica.»

«Cosa succede qui?»

«Bambina che legge.»

«Cosa succede qui?»
«Bambina che sorride.»
Tre risposte giuste, altro gettone punto.
Poi ci sono le lettere e i numeri.
«Che numero è questo?»
«Quattro.»
«Tocca la lettera U.»
La tocco.
«Tocca la bambina che legge.»
La tocco.
«Tocca la lettera E.»
La tocco.
Gettone punto.
Proseguiamo così finché non raggiungo i diciotto punti che completano la griglia.
«Bravo», approva Emanuele. «Ora la musica.»
Alza il volume del televisore e si sente la musica degli One Direction, dal loro ultimo video. Mentre mi rilasso godendomi il premio, Emanuele registra i miei risultati su una tabella.
È terminato l'esercizio di rafforzamento della mia conoscenza di cose, simboli e situazioni che ho imparato nelle ultime settimane. Mi esercito a riconoscerli e a pronunciare il loro nome per sviluppare la mia espressione verbale e mi esercito anche ad associare alle parole l'immagine, la «cosa» corrispondente.

Ora passiamo a un esercizio di orientamento su altre cose imparate in questi giorni.
Emanuele toglie dal tavolo le cartoline di prima e ne mette di nuove. La mia griglia dei punti viene azzerata.
Si ricomincia.
«Cos'è questo?»
«Sedano.»
«Cos'è questo?»

«Arancia.» Poi «fono», «lettore MP3», «cucina», «forno a microonde»...

Improvvisamente Emanuele cambia tipo di domanda: «Che tempo c'è oggi?»

«Sole!» rispondo subito.

Sbagliato, perché fuori piove. Ho detto la prima cosa che mi veniva in mente perché come al solito mi sento sotto pressione, l'ansia cresce e reagisco d'istinto, come per liberarmi in fretta di una minaccia.

Emanuele ritira uno dei miei gettoni punto strappandolo dalla griglia che tengo davanti a me.

È come se me lo strappasse dalla pelle.

«Che tempo c'è oggi?» insiste.

«Piove!»

Ora la risposta è giusta, ma il mio punto me lo devo riguadagnare con un po' di fatica.

«Indica il supermercato.»

Lo faccio.

«Indica il taglierino.»

Lo faccio subito.

«Che tempo c'è oggi?»

Esito, poi mi sblocco.

«Piove!»

«Bene, ecco il tuo punto», e mi restituisce il gettone perduto.

Proseguiamo con le immagini e improvvisamente mi domanda: «Come ti chiami di cognome?»

«Andrea.»

Non va bene.

«Come ti chiami di cognome?»

«Andrea Antonello.»

«Come ti chiami di cognome?»

«Andrea», insisto.

Perdo un punto.

«Come ti chiami di cognome?»

«Antonello.»

«Come ti chiami di cognome?»
«Antonello.»
«Che tempo c'è oggi?»
«Piove.»
Altro punto.

A volte lavoriamo per gruppi di oggetti. Oggi ho davanti una serie di cartoline, tutte con foto di animali. Emanuele, al solito modo, mi chiede di riconoscerli indicandogli la figura corrispondente o di dirgli il loro nome quando è lui a indicarmeli.

Le mie risposte vanno abbastanza bene.

«Cavallo», «cane», «elefante»...

Poi Emanuele mi chiede di riconoscere un altro animale.

«Coniglio.»

È giusto, ma qui c'è un'altra difficoltà. Subito dopo che ho detto «coniglio» perché ho riconosciuto un coniglio marrone, Emanuele mi indica di nuovo l'elefante, che riconosco. Poi passa subito a indicarmi un altro animale.

Lo guardo, esito, comincia la confusione e l'ansia cresce subito.

È un animale bianco, questa volta. Ha lunghe orecchie, un muso simpatico...

Emanuele mi aiuta.

«È un coniglio.»

Un altro coniglio. Perciò ci sono più animali, diversi tra loro, che tuttavia sono contemporaneamente conigli. Anche se uno è marrone e guarda di profilo e l'altro è bianco ed è rivolto verso di me.

Questa cosa è difficile.

Tra le cartoline ce n'è anche una con due animali che si annusano toccandosi il muso. Uno è marrone, l'altro grigio.

«Che animali sono questi?»

Guardo bene.

Conigli?

Per me è difficile generalizzare. Posso imparare a memoria che una certa immagine, che vedo decine e decine di volte, corrisponde a «coniglio». Ma da questo a comprendere che ci sono tanti tipi di conigli...

Il lavoro è lungo e duro. Emanuele mi ricorda e ripete che tutti quelli che vedo qui sono «animali».

Tanti, diversissimi esseri viventi. Ma tutti animali.

Un modo per perdere di vista le singolarità.

Non è secondo la mia logica, ma anche questo lo devo imparare.

Un'altra volta imparo che «stazione di servizio», «bar», «supermercato», «negozio» sono tutti luoghi. «Arancia», «mela», «pera», «anguria» sono tutti frutti. Ma ci sono mele gialle, mele rosse, mele verdi. Eppure sono tutte mele. E ci sono, all'interno degli animali, gli uccelli. Ma ci sono uccelli piccoli e blu, uccelli marroni con grandi ali e artigli, uccelli rossi e gialli con un lungo becco...

Nel mio repertorio ci sono centinaia di parole che conosco già. Emanuele le ha messe in una lista.

Per esempio, prima di incontrarlo sapevo indicare con il suo nome il tavolo di casa mia, la sedia di casa mia, la poltrona di casa mia. Entrare in un'altra casa, vedere degli oggetti e dire «tavolo» a una cosa che non è il tavolo di casa mia è un po' più difficile.

Altro problema: molte delle parole che apprendo le associo a delle foto. Poi devo imparare ad associarle anche alle cose reali. La foto del tavolo, o quella del coniglio, si chiamano «tavolo» e «coniglio» e appartengono al gruppo «animali» e «mobili». Ma quando entro al bar devo riconoscere che ci sono dei tavoli, e chiamarli con il loro nome. Altrimenti resterei un commentatore di fotografie.

Altre volte accade il contrario, per fortuna. Per esempio, cani per strada ne ho visti tanti, nella mia vita. Poi imparo che è un cane anche quello in una foto.

Dura la vita da imparare da zero!

Meno male che tra i premi che mi spettano al completamento di una tabella punti ogni tanto c'è un bell'abbraccio.

16

Telefonata a papà

La mattinata del programma ABA non è completa senza una telefonata a papà o a chi può rispondermi: mamma, oppure Cristy. È tra le buone abitudini che sto imparando.

Per me tablet e cellulari sono oggetti divertenti e rilassanti. Il tablet, prima di tutto. Sono specializzato in un videogioco dove compaiono file e file di frutti colorati e pulsanti, di diversi colori, che avanzano verso l'alto. Io individuo rapidamente i gruppi di frutti della stessa forma e colore, ci clicco sopra e scompaiono a gruppi interi, mentre le file di pulsanti avanzano e avanzano, ma grazie a me non raggiungono mai la sommità dello schermo. È un gioco ipnotico, con mille combinazioni diverse, che mi coinvolge e mi rilassa. Mi porta fuori dai miei pensieri, ma senza chiedermi di dare risposte verbali o di muovere in ordine parti del mio corpo che controllo a fatica.

Il cellulare funziona allo stesso modo, con le icone delle applicazioni e giochi a disposizione anche lì.

Ma adesso imparo a usarlo per comunicare come meno mi piace: usando la voce e non vedendo la persona con cui parlo.

La telefonata va preparata.

L'istruttore ABA scrive su un foglio la sequenza delle battute della mia chiamata. Poi le proviamo quattro, cinque volte, prima di chiamare.

CIAO, PAPÀ – CIAO, MAMMA...

COME STAI?

IO STO BENE, STO LAVORANDO CON EMANUELE

CI VEDIAMO DOPO

CIAO

Tra una battuta e l'altra ci sono gli spazi di ascolto della voce di chi ho chiamato che esce dal telefono.

Ora siamo pronti.

Quando parlerò Emanuele mi indicherà al momento giusto le battute da dire nell'ordine giusto.

Il numero sul cellulare lo clicco io.

Ascolto il suono della chiamata.

«Pronto?»

La voce di papà, un'emozione sempre nuova. Dice sempre la stessa parola, ma io intuisco subito mille cose. Oggi, per esempio, è stanco. Strano. So che non è andato lontano per qualche appuntamento. Dev'essere a Castelfranco, in ufficio. Vedo la sala, la luce che entra dalle finestre. Capisco però che non deve essere solo. Quando è solo può alzare la voce e salutarmi con un tono quasi squillante. Chi sarà l'altro che ascolta? Stavano discutendo, stavano litigando? Sento che ho interrotto qualcosa, qualcosa per cui papà stava facendo fatica.

Ma i lampi delle mie intuizioni non interessano a nessuno, come al solito. La telefonata deve andare avanti. Papà aspetta la mia prossima mossa. E oggi aspetta con una punta di impazienza.

È passato un decimo di secondo, in realtà. Emanuele mi indica la prima frase che ha scritto sul foglio.

«Ciao, papà», dico io.

«Ciao, Andre!»

Emanuele indica la frase successiva.

«Come stai?» chiedo.

«Io sto bene, Andre. Stiamo lavorando e le cose vanno bene. E tu?»

Una riunione! E le riunioni che deve presiedere lo stancano, lo mettono alla prova. Lo sapevo già che non era da solo. Ma non posso fermarmi a intuire meglio come stanno andando le cose. Emanuele indica, io proseguo.

«Io sto bene, sto lavorando con Emanuele.»

«Bravo, impegnati, Andre. Impara le cose e ubbidisci a Emanuele, d'accordo?»

Emanuele indica la frase successiva che abbiamo preparato. E io parlo.

«Ci vediamo dopo.»

«Sì, a dopo!»

Frase successiva.

«Ciao.»

«Ciao, Andre, ciao!»

Telefonata terminata.

Così ogni mattina, a metà lavoro con l'ABA.

Presto anche questo gesto di chiamare papà o mamma diventerà un automatismo che farà parte della dotazione della mia vita autonoma. Imparerò a chiamarli senza esitazioni. Imparerò a farmi sentire vicino ovunque io sia. Più in là forse imparerò a rispondere a una loro chiamata. Papà, mamma, tutti ci tengono molto.

Ma nessuno mi insegnerà meglio di quanto io non sappia già fare a capire come sta andando la giornata di una persona dal solo suono della sua voce, qualunque cosa dica, o dall'espressione del viso nascosta sotto quella che mi mostra per salutarmi.

17

È mio fratello

FORTUNA che, oltre a mille cose da imparare a memoria, nel mondo ci sono le persone. E le persone sono bellissime, una continua sorpresa.

Io imparo anche loro, giorno per giorno. Intuisco reazioni, tensioni, emozioni, abitudini. Anche voi avete le vostre stereotipie, solo che non ve ne accorgete.

Per stare con quelli che vedo poco ho bisogno di imparare poco. Per stare con chi condivide molto della sua vita con me le scoperte da fare sono inesauribili.

Di mamma e papà ne parliamo dopo. Loro mi hanno seguito crescere dall'alto, come fossero in cima a una montagna a sbracciarsi tutto il giorno per dirmi: «Sali, sali! Cresci, cresci!»

Quello che invece ha camminato fin qui *con* me è Alberto, mio fratello più piccolo.

Ho scritto che ha camminato con me, ma dovrei ricordare che gli è toccato camminare a lungo *sotto* di me. Cioè che è toccato a lui più che a chiunque altro subirmi senza avere l'esperienza della vita di papà e mamma per interpretare cosa diavolo io facessi e volessi.

Dieci anni fa, Alberto aveva quattro anni. Io undici.

Papà mi interroga su una cosa che faccio con mio fratello:

CIAO, ROSPONE, PERCHÉ DISFI LE COSTRUZIONI DI ALBERTO?
Piace rompo tutto io vedo i pezzi e ordino

COSA ORDINI?
Pensieri

E OGNI PEZZO DI COSTRUZIONE CORRISPONDE A UN PENSIERO?
Sì

La cosa per papà poteva anche essere interessante, perfino affascinante.

Ma per Alberto?

Stesso anno, mesi dopo. Un giorno di grande tensione, per me. Dialogo con Chiara, la psicologa che mi aiuta con la scrittura facilitata. Siamo soli in casa. Tutta la famiglia è in giro per il mondo, ciascuno coinvolto nelle sue occupazioni. Ciascuno a percorrere una strada che non capisco. Altro che «Sali, sali!»

LA MAMMA MI HA DETTO CHE VORREBBE TANTO CAPIRE COSA TI PIACEREBBE FARE COME ATTIVITÀ PER ESSERE PIÙ FELICE
tremo fermami.
sto statico.

SENTO LA TUA EMOZIONE MA PASSAMELA TUTTA CHE POI IO LA BUTTO VIA. NON C'È NESSUNA ATTIVITÀ CHE VORRESTI FARE?
nervi scaricare non riesco

CORRERE CON LA MAMMA SUL MUSON TI SERVE A SCARICARE I NERVI?

Il Muson è il corso d'acqua lungo il quale andiamo a correre io e mamma, nel verde.

Ma adesso non mi lascio distrarre dalla nostra solita uscita insieme. Altre parole mi urgono nella testa. Le vedo e vedo che vogliono uscire fuori:

novità farebbe bene guarderei vere gioire voglio

So di esprimermi in modo confuso. Ma il fatto è che *sono* confuso! Chiara insiste:

CHE TIPO DI NOVITÀ TI FAREBBERO GIOIRE?
Qui restare con famiglia unita

HAI MAI PROVATO A PARLARE CON MAMMA DI QUESTO?

La mia famiglia passa un momento difficile. Papà e mamma qualche volta sono tesi. C'entro anch'io, c'entra la fatica che gli faccio fare ogni giorno, ogni momento. C'entra anche Alberto. C'entra il mondo intero!

Si nodo butto giù fatica orribile

COSA INTENDI TU PER FAMIGLIA UNITA?
Stessa idea ritorna da fratello
li odio
gioie hanno da figlio normale

Chiara legge, riflette. Reagisce con calma. Vede che sono agitato e non vuole provocare una delle mie crisi. Una di quelle serie, da paura.

COSA POTREBBERO FARE PER TE?
ridere guarito guarirmi

NON HO CAPITO BENE... VORRESTI CHE MAMMA E PAPÀ...
autismo guarissero

PENSI CHE SIA UNA COSA CHE POSSONO FARE?
se alberto è normale possono
io ti chiedo ora basta guarire vi chiedo

IL FATTO CHE TU FUNZIONI IN MODO DIVERSO NON VUOL DIRE PEGGIORE

Sento che ha ragione. Ma lo *sento*, e basta. Io non vivo di argomenti, ma di intuizioni profonde. E ora che lei ha scritto questo, sento cosa devo risponderle, perché anche lei sta soffrendo:

sì ci penserò
gioia data mi hai ciao
sì e io bene voglio a loro
e a te
credi migliorerò

ASSOLUTAMENTE SÌ, DEVI SOLO FIDARTI DI PIÙ DI TE E DELLE TUE CAPACITÀ! SE VUOI NE RIPARLEREMO...
grazie dico sì
ho fatto bravissimo
stati tu e io bravissimi

Ho sempre voluto che Alberto stesse bene. Ma non era facile che a farlo stare bene fossi proprio io...

TI È PIACIUTO IL POSTO DOVE SIAMO STATI SABATO IN MONTAGNA?
Sì bella natura io uomo del bosco

MI SEMBRAVA CHE VOLEVI ANDARE IN GIRO PER LA MONTAGNA. PER CASO AVEVI PENSATO DI SCAPPARE?

Mamma sì, che sta sempre attenta!

Piace giretto fare solo
Io sono obbedito ho
Tu controllato hai e io buono

MA TI ERANO SIMPATICHE LE PERSONE CON CUI SIAMO STATI LÌ INSIEME?
Veramente sì

CHI TI PIACEVA DI PIÙ?
Cane baldo

E LE PERSONE?
Buono Edoardo

MA NON HAI MAI GIOCATO CON LUI. PERCHÉ TI PIACE?
Modi di vedere gioca con alberto io tranquillo

VUOI DIRE CHE TI PIACE EDOARDO PERCHÉ GIOCA CON TUO FRATELLO E TU STAI PIÙ TRANQUILLO?

Sì alberto disturba

PERCHÉ ALBERTO TI DISTURBA?

Gioco difficile io bene gli voglio

ANCHE ALBERTO TI VUOLE BENE, PER QUELLO CERCA DI GIOCARE CON TE. COME TI SEMBRA TUO FRATELLO ALBERTO?

Rompi

E TU COME TI VEDI?

Vero fratello buono di grande rituali

E COSA HAI DA DIRE DI ME, LA TUA MAMMA?

Faraonica fatica noi siamo i distruttori

Comunque ho giocato con lui, eccome! Solo che per lui capirmi era un'impresa. Un anno dopo lo spaventavo, e la cosa era divertente:

CIAO, ANDREA, PERCHÉ RINCORRI SEMPRE TUO FRATELLO CHE URLA?

Scherzo con gioia
Fratello geloso di andrea
Urlii di pazzo piace e gioco diverto

«Fratello geloso di Andrea» significava che io invidiavo lui perché era normale, ma lui, da bravo bambino di sei anni, era geloso di me perché intuiva che le attenzioni dei miei erano concentrate su di me.

Due anni dopo le cose non erano più facili. Ma uguale la tensione a incontrarci, a toccarci nel modo giusto.

Ecco un dialogo con papà, con Chiara a facilitarmi:

CIAO, CARO ANDREA, COME TI VA?

Femminili tue scarpe

GRAZIE, BOSS! PAPÀ CHIEDE SE VUOI SCRIVERE UN BREVE PENSIERO A TUO FRATELLO ALBERTO...

Freddo vuoto tu mi vedi

TU?

Alberto

COME MAI DICI CHE TUO FRATELLO TI VEDE FREDDO E VUOTO?

Io bene ti voglio

TI RIFERISCI AD ALBERTO?

Sì

NON HAI RISPOSTO ALLA DOMANDA PRECEDENTE. COSA TI FA PENSARE CHE ALBERTO TI VEDA FREDDO E VUOTO?

Non rido con lui molto distante sono con lui vivo non conosco bimbi

«VIVO NON CONOSCO BIMBI»?

sto poco con lui

PERCHÉ DICI CHE STAI POCO CON LUI?

Non ci gioco tanto

MI PIACEREBBE SAPERE CHE IDEA HAI DI ALBERTO...

Bimbo sano con futuro

QUALI AGGETTIVI SCEGLIERESTI PER DESCRIVERE TUO FRATELLO?

Intelligente

COSA INTENDI CON INTELLIGENTE?

Tutto testa

VUOI DIRE QUALCOSA AD ALBERTO?

Sono vicino vicino cuore tuo

CHIEDIAMO AD ALBERTO SE DESIDERA RISPONDERTI, CHE NE PENSI?

Gioia per me

ANDREA, SEI IL NUMERO 1. BRAVO. ANCHE ALBERTO È BRAVO COME TE E MI PIACE SE QUALCHE VOLTA VI SCRIVETE QUALCOSA. SIETE DUE FRATELLI FANTASTICI. UN BACIO, PAPÀ

Così, un paio di mesi dopo:

CIAO, ANDREA, OGGI COME PROMESSO FARAI UNA CHIACCHIERATA CON ALBERTO...

Ciao fratellino mio

DELLE VOLTE CI FAI ARRABIARE LO SAI?

Sbaglia a scrivere «arrabbiare», ma sento che gli capita per lo sforzo di trattenersi. È davvero arrabbiato. Peggio, frustrato e confuso. Non sa più cosa fare con il suo fratellone. E la confusione e il non sapere cosa fare sono sentimenti che io conosco bene.

Ha ragione. Spesso lo sconvolgo: irrompo nella sua stanza senza preavviso e butto tutto all'aria, oppure svuoto gli armadi e faccio un gran mucchio di tutte le sue cose al centro della stanza. Lo tocco, gli schiaccio la pancia, lo inseguo, gli urlo dietro. Lui, spaventato, si nasconde sotto il letto per non farsi trovare. Io lo scovo, il gioco mi piace, mi eccito e mi agito ancora di più. Finché mi separano a fatica da lui.

Una volta papà ha portato a casa un cucciolo di cane, come regalo per me e Alberto. Un piccolo esserino scodinzolante. Io l'ho afferrato e l'ho gettato fuori dalla finestra prima che chiunque potesse intervenire. Si è salvato grazie al suo istinto animale, ma che spavento per tutti!

Non dev'essere facile, povero Alberto.

Ma anche per me è complicato. Come posso entrare in comunicazione con lui se non attirando la sua attenzione con tutto il mio corpo? Fin da piccolo sentivo che non avrei potuto farmi notare e farmi apprezzare da lui per qualcosa che potevo dire, o per qualcosa che potevamo fare bene insieme: un gioco, uno scherzo, una sfida. Una confidenza tra fratelli, la complicità tra i piccoli nei confronti del mondo degli adulti.

Niente di tutto questo. Perciò ho sempre attirato l'attenzione di mio fratello con i mezzi che avevo e che ho a disposizione: toccare, sconcertare, infrangere le regole dell'altro, invadere i suoi spazi, abbattere le sue sicurezze. E quindi facendolo arrabbiare, unico modo per me di cogliere intuitivamente il limite oltre il quale l'altra persona non può andare e non ci sta più.

Non è così solo con Alberto. È così con il mondo intero. Ma con lui questa situazione si carica di particolare fatica, soprattutto finché lui è piccolo.

Rileggo la sua sgrammaticata protesta, poi rispondo:

Giovane tu sei ma intelligente

ANDREA LO SAI CHE MI DISPIACE CHE HAI UNA MALATTIA
Io ho testa buona e cuore che regalo per te

IO LO SO CHE SEI BRAVO CARO ANDREA
Giusto bontà non ti manca

IO SO CHE TU SEI UN BRAVO FRATELLO VERAMENTE BRAVO CARO ANDREA
Resti con me lo stesso anche se sono diverso?

SÌ RESTERÒ SEMPRE CON TE FRATELLONE

CARO FRATELLO ADIOS
Gioco poco con te molto sono vicino e attento per te coraggio trovo

COSA VUOL DIRE «PER TE CORAGGIO TROVO»?
Sono forte per te

Sì, mi carico di energia per le persone che amo e che non riesco a coinvolgere nella mia onda d'amore. Nel frattempo mi carico di consapevolezza del loro valore, della loro bellezza. E mio fratello è cresciuto ai miei occhi e nel mio cuore e, in qualche modo misterioso, io ho partecipato alla sua crescita. Anch'io l'ho fatto diventare la bella persona che è oggi.

Due anni dopo:

Di albertino voglio parlare

VUOI PARLARMI DI TUO FRATELLO?
Molto bene io batto sua pazienza

«BATTO»?
rompo tanto

PAPÀ TI DÀ RAGIONE... COME MAI ROMPI TANTO AD ALBERTO?
Tempo fragile ho

COSA INTENDI CON «TEMPO FRAGILE»?
Non stiamo insieme

VUOI DIRE CHE TRASCORRETE POCO TEMPO INSIEME?
Forte desiderio ho di stare con lui

IN CHE MODO TI PIACEREBBE STARE CON LUI?
Ti dico fai parlare andrea con il torello alberto

COME MAI «TORELLO»?
Ha carattere

QUINDI È TUO DESIDERIO PARLARE CON TUO FRATELLO?
Ho bisogno

COME RAGGIUNGERE QUESTO SCOPO?
Prepara il computer lui scrive con me

COSA INTENDI CON «LUI SCRIVE CON ME»?
Piccolo ma impara

Papà si commuove.

LA TUA SQUADRA DEL CUORE È...
Fiorentina

La deviazione sul calcio non è a sproposito. Passano gli anni e il mio fratellino diventa sempre più bravo a giocare a pallone.

E io vorrei crescere insieme a lui, almeno un poco. Ecco un nuovo dialogo, sempre con Chiara. Siamo nel 2010, io ho più di sedici anni, Alberto va alle elementari:

BUONGIORNO, SIGNORE, CHE SUCCEDE?
Vuoto resto

COSA INTENDI DIRE?
Finisco con rompere le palle
Io sfinisco tutti
Io mi faccio paura

RITORNIAMO AL PROBLEMA DEL CONTROLLO... MI PARE DI AVER CAPITO CHE NE AVETE PARLATO ANCHE IERI A CASA...

«Ne avete parlato» è un eufemismo. Papà si è proprio arrabbiato per l'ennesimo spavento che ho procurato a mio fratello!

Sorrido e riprendo:

Mi dispiace per alberto

PER QUALE RAGIONE?

Mi cerca ma non riesco a giocare con lui

QUALI GIOCHI TI PIACEREBBE FARE CON ALBERTO?

rubo i suoi giochi
Psp

TI PIACE PREPARARE LA PIZZA CON ALBERTO?

Io voglio fare pizze per averlo vicino

SENTI CHE C'È QUALCOS'ALTRO CHE VUOI FARE INSIEME AD ALBERTO?

Molto voglio gustarmi la sua vita

IN CHE SENSO?

Racconti di cosa fa e di suoi momenti tristi

MOMENTI «TRISTI»?

Per aiutarlo.

IN CHE MODO?

A risolvere con consigli
io vorrei mi cercasse, un sogno

Chiara sorride, commossa e materna.

VUOI FARE IL FRATELLO MAGGIORE...

18

Quel mito di mio fratello

COME finirà con mio fratello?

Il tempo passa e sembrano tornare sempre le stesse cose.

Così due anni fa, con Chiara:

OGGI PARLIAMO DI...

Me

BENE... SONO PRONTA AD ASCOLTARTI...

Sono stato male

HO SENTITO CHE HAI AVUTO QUALCHE PROBLEMA DI SALUTE...

No male a casa

NON CAPISCO... PROVA A SPIEGARMI...

Non so stare con alberto

Lui mi rifiuta

RIFIUTA? FAMMI CAPIRE...

Rabbia prova per me

COME MAI SUCCEDE QUESTO?

È stanco di me

L'ARGOMENTO È IMPORTANTE. MI PIACEREBBE APPROFONDIRE... CHE NE PENSI?

Sì voglio capire

Come sempre, vorrei capire. Ma non è che lo creda possibile più di tanto.

Però nel frattempo è cresciuto anche Alberto.

Pochi giorni dopo siamo lì che dialoghiamo insieme, con Chiara che mi aiuta:

HAI CHIESTO DI PARLARE CON ALBERTO
devo calmarmi ora gusto questo momento di pace con mio fratello

Lui legge e sorride. Ora ha dodici anni, ma è tanto serio che sembra averne almeno cinque di più.

E infatti sa cosa vuole:

SONO FELICE CHE DICI COSÌ, MA VORREI SAPERE: PERCHÉ QUANDO PAPÀ ERA VIA MI FACEVI MALE E APPENA È TORNATO TI SEI SUBITO CALMATO?
Fratello io ho paura di papà come ne hai tu

LA MAMMA DICE CHE QUANDO MI FAI MALE LO FAI PERCHÉ È IL TUO MODO DI VOLERMI BENE, MA SICCOME NON SO SE È VERO MI PUOI DIRE TU PERCHÉ LO FAI???
Mio modo di volerti vicino

VUOI SPIEGARE COSA INTENDI DIRE?
Tu sei lontano perché io non so darti le cose che desideri come giocare fare sport e parlare

PARLARE HO CAPITO CHE NON POSSIAMO TANTO FARLO, MA QUANDO MI RINCORRI PER ESEMPIO A CASA NON TI PARE CHE STIAMO GIOCANDO?

Ecco, è successo. Mio fratello ha smesso di spaventarsi e basta. Cresce. Mi tende la mano che cercavo da anni. Batto le mani soddisfatto.

Io vorrei giocare con te come due fratelli grandi.

PERCHÉ A VOLTE ENTRI IN CAMERA MIA E FAI IL DISASTRO?
Io faccio così perché voglio tua attenzione

Ho risposto giusto. Ma ho anche capito che questo gioco deve finire. Altri sono possibili, ma questo no.

Così a poco a poco il nostro rapporto evolve. Io sono sempre io, ma un filo di comunicazione ormai è stabilito. Una tacita alleanza si rafforza piano piano. Se ne accorge anche papà:

CIAO, ANDREA, IN QUESTO ULTIMO PERIODO SEMBRI MOLTO PIÙ TRANQUILLO, È COSÌ?
Sono tranquillo vero.
Andrea rilassato

SEI CONTENTO CHE ANDIAMO VIA CON LA MAMMA E ALBERTO PER UNA SETTIMANA?
Molto felice in vacanza tutti insieme

QUALCOSA DA DIRE A ME O ALLA MAMMA O AD ALBERTO?
Alberto nervoso vicino andrea

E TU SAI PERCHÉ?
Io lo tocco
Alberto è calciatore.
Non vuole fratello artista
vuole compagno di pallone.

Insomma, io capisco sempre meglio lui e lui capisce me. Così si può anche giocare a imbrogliarsi a vicenda. Un giorno siamo io, papà e Alberto:

ALBERTO DEVE CHIEDERTI UNA COSA.

PER CASO SAI DOV'È IL METRO? PERCHÉ VOLEVO MISURARE I SEGNI DELL'ALTEZZA CHE ABBIAMO FATTO SULLA CASETTA QUANDO SIAMO ARRIVATI QUA
No dammi il metro

Interviene di nuovo papà:

MA ALBERTO CHIEDE A TE DOV'È, LUI NON LO TROVA
Non so

ALTRO DA DIRE?
Mi piace la pioggia

ANCHE A ME PIACE MOLTO, OGGI NE ABBIAMO AVUTA MOLTA E FORSE ANCHE DOMANI... ALTRO DA DIRE?

Perché papà insiste tanto?

No puoi andare ciao

Alberto esce.
Papà sorride.

HAI DETTO UNA BUGIA SUL METRO?
Il metro è mio.

CIAO. QUALCOSA DA AGGIUNGERE?
Addio

Ma il massimo è quando Alberto comincia... a imitarmi!

Sto bravo fratello sei forte

GRAZIE
Tu sei un mito tanto bene ti voglio

ANCH'IO TI VOGLIO BENE... PERCHÉ SECONDO TE SONO UN MITO?
lui fa cose da grandi
lui vuole essere grande
il mio fratello combina marachelle imita andrea

Il giorno prima ha fatto arrabbiare la mamma. Un vero capriccio, urla e poi un gran musone. Neanche fossi io!

Ora legge e sorride: messaggio ricevuto. Adesso anche lui capisce meglio cosa vuol dire fare le cose di testa sua e qualche volta far arrabbiare gli adulti e non comprendere del tutto le loro richieste. Adesso anche lui vuole vivere il suo mondo...

Comunque sa anche tenere le distanze:

IO NON TI IMITO... OGNUNO DEVE AVERE LA PROPRIA PERSONALITÀ
Ciao

Oggi io e Alberto stiamo camminando ognuno con la propria personalità. Io ho segnato la sua, lui ha fatto crescere la mia.

È alto quasi quanto me. Non è altrettanto robusto (difficile competere con un Bronzo di Riace), ma è ben allenato.

Non stiamo tanto a scriverci, usiamo il linguaggio del corpo, come si fa tra due maschi adulti del branco. Non ci siamo mai capiti meglio, e son soddisfazioni.

Ce le diamo di santa ragione.

L'altra sera sono stato in piazza con lui, in mezzo ai suoi amici, e non l'ho fatto disperare.

Dice che solo un paio di anni fa non lo avrebbe mai creduto possibile.

19

Papà doccia fredda

Papà è quello delle avventure speciali.

Quest'estate, verso la fine del nostro viaggio in moto per tutta l'Italia, abbiamo girato un video da mandare su Internet. Dovevamo fare la doccia con l'acqua gelata perché eravamo stati nominati per la catena dell'Ice Bucket Challenge.

L'acqua fredda era pronta, due belle vaschette piene di gelo.

C'era un bel sole, per fortuna. La nostra moto era lì ad ascoltarci, gli adesivi dietro appiccicati sulle tasche bagaglio ben in vista. Su uno il titolo del libro inventato da me e che ci ha resi famosi: *SE TI ABBRACCIO NON AVER PAURA*; su un altro il motto del nostro viaggio e di tutte le nostre attività: SPORCATEVI LE MANI, con la cartina dell'Italia e delle sue venti regioni; su un terzo la foto di noi due in jeans e maglietta bianca, a piedi nudi, con sopra il nome della fondazione I Bambini delle Fate e ancora l'appello SPORCATEVI LE MANI.

Io ero un po' preoccupato. Mi fido sempre di papà, ma insomma...

Quando mi ha chiesto: «Sei pronto?» ho subito risposto: «No!»

Ma lui mi ha rassicurato: «Eh, lo so. Però ci tocca. Quindi vieni qui!»

Era già da qualche minuto, mentre lui parlava per dire la sua sull'iniziativa e nominava altre persone che dovevano poi farsi la doccia anche loro («Primo Guidolin, che son contento di dire che è di Castelfranco Veneto...!»), che io continuavo a fissare una serie di sedie di plastica bianca che se ne stavano spaiate sotto il sole. Ce n'era una pigna di sette o otto una sull'altra. Facevo fatica a trattenermi dall'impulso di correre lì e metterle tutte nello stesso ordine: una bella torre bianca di sedie ben ordinata.

Così papà ha ripetuto: «Dopo le sedie, adesso vieni qui!»

Ed è arrivata la doccia gelata su tutti e due, abbracciati stretti stretti.

Poi papà mi ha mollato e io ho fatto una corsa a sistemare le sedie.

È una bella sintesi della nostra vita insieme. Un poco di autismo tutto mio, un poco di autismo condiviso, un poco di eccentrica normalità inventata da papà e regalata a me e al mondo. Siamo dei campioni di condivisione:

Papà si diverte con Andrea

E TU CON CHI TI DIVERTI?
da solo
fare giri bello

FARE GIRI DA SOLO O CON PAPÀ O LA MAMMA O ALTRE PERSONE?
Con tutti mi piace vedere persone con Andrea vicino

MI PIACE VEDERE PERSONE CON ANDREA VICINO PERCHÉ...
Andrea sconvolge piani e aiuta a guarire da egoismo

VUOI CHE ANDIAMO A FARE UN ALTRO BEL GIRO A DICEMBRE E GENNAIO?
si pronto sono

SAI DOVE ANDREMO?
peru argentina brasile
basta

BRASILE, URUGUAY, ARGENTINA, CILE, PERÚ, CHE SI SCRIVE CON L'ACCENTO, POI BOLIVIA E RITORNO ATTRAVERSANDO IL MATO GROSSO E TUTTO IL CENTRO DEL BRASILE. PASSEREMO ANCHE PER MACHU PICCHU... CHE NE DICI?
vengo sono felice

POSSO SAPERE PERCHÉ IERI SERA HAI APERTO IL MIO CELLULARE E HAI SPEZZATO IN DUE LA SCHEDA???

scusa papa gioco brutto ho fatto
scusami
perdona mio gesto fuori controllo

INTANTO ANCHE PAPÀ SI SCRIVE CON L'ACCENTO.
COSA VUOL DIRE «GIOCO BRUTTO»...
non controllo gesto.

LO SAI CHE DEVI SEMPRE LAVORARE SUL CONTROLLO DEI GESTI, SEMPRE, PERCHÉ SOLO IN QUESTO MODO PUOI OTTENERE TANTE COSE SPECIALMENTE CON LE PERSONE E CON LA TUA AUTONOMIA.
provo controllare istinto di rompere regole
scusa di mio limite tremendo

ANDREA, SAI CHE CON LE SCUSE SI FA POCA STRADA. LE REGOLE PUOI ANCHE ROMPERLE, MA NON ROMPERE LE MIE ROBE, OK?
si ragione hai

ROMPI ANCORA QUALCOSA E A FARE IL GIRO NON CI VIENI PIÙ
non rompo

MI PIACEREBBE CHE AGGIUNGESSI QUALCOSA PER IL LIBRO, CHE SI INTITOLA *SE TI ABBRACCIO NON AVER PAURA.* ORMAI FULVIO ERVAS, LO SCRITTORE, LO STA FINENDO E DOPO NON SI TOCCA PIÙ. VUOI AGGIUNGERE QUALCOSA DI TUO?
poco da dire, grazie

PROVA A DIRE UN'ALTRA COSA CHE È NEI TUOI RICORDI DI QUANDO ERI PIÙ GIOVANE, MAGARI È UNO SPUNTO PER SCRIVERE QUALCOSA
ricordo papà arrabbiato con andrea per gesti

E QUANDO ERO ARRABBIATO COSA FACEVI?
cuore fuori controllo

E COSA PENSAVI?
grave malattia di papà
Andrea dà aiuto

MA TU STAVI MALE O COME STAVI...
male

È LA SECONDA VOLTA CHE MI DICI CHE LA MALATTIA È MIA, MI SPIEGHI MEGLIO?

egoismo umano

... E TU SEI L'EXTRATERRESTRE VENUTO QUI PER GUARIRMI, VERO?

si

E IO COME FACCIO A CREDERCI?

cuore duro di papà deve guarire

MA SEI QUA PER QUESTO, MI VUOI AIUTARE O NO?
O DEVO FARE TUTTO DA SOLO??

sì

Papà sa tante cose. Papà conosce il mondo. Papà vuole *cambiare* il mondo.

Mentre pensavo a scappar via dalla doccia gelata – perché una minaccia che pende nell'aria e il botto non arriva, non arriva, per me è una tensione fortissima – papà si prendeva tutto il tempo necessario per spiegare alla telecamera il suo punto di vista!

È lì che capisco che non è solo da me che vuole il massimo: «Ascolta, Andrea. Questa cosa che facciamo è a favore della SLA. Dobbiamo ringraziare Matteo Quaranta che ci ha nominati e ci dà la possibilità di dare il nostro contributo...»

«Sì.»

«Io prima, però, di contribuire, devo dire una cosa, perché personalmente sono contrario a queste forme di sociale, a queste forme di raccolta. A tutte le forme che sono estemporanee e occasionali. Perché con le donazioni occasionali non andremo mai da nessuna parte. Io credo in un sociale continuativo, duraturo, costante. È quello che stiamo cercando di fare con la fondazione I Bambini delle Fate. E credo anche che tutte le persone che donano hanno diritto di sapere, di vedere con la massima trasparenza dove vanno i propri soldi, chi li amministra, con tanto di nomi, cognomi e cellulari: a chi fanno del bene e che cosa succede poi. Però c'è un'altra cosa che ci fa accettare questa sfida, vero, Andrea?»

«Sì.»

«Accettiamo perché prima di organizzarci in questo modo, per fare un sociale migliore, c'è da combattere un'altra cosa, che è l'indifferenza, che è la cosa peggiore. Vogliamo trasmettere a tutte le persone che hanno le loro mani pulite e se le tengono in tasca l'appello a tirar fuori le mani e a sporcarsele insieme a noi. Perché ci sono tanti, troppi ragazzi che stanno male, per la SLA, per l'autismo, e per tante altre cose. E quindi noi daremo il nostro contributo per la SLA. Tra poco ci prenderemo il ghiaccio sulla testa, sei pronto?»

«No.»

«E nominiamo...»

20

Era preciso, papà

INTENDERSI davvero con il proprio padre. Per chi non è difficile? Per alcuni forse è perché il papà è assente e sembra poco affettuoso. Per altri, tra cui io, perché il papà è tutto coinvolto nell'*impresa* di volerti bene.

Coinvolto insieme a chi gli sta vicino.

Di questo nodo di sentimenti scrivevo a dieci anni con la mamma:

CIAO, ANDREA, PERCHÉ URLI?
Ho fase pessima
... poco controllo corpo

È PER QUESTO CHE STRINGI COSÌ FORTE CHE MI FAI SEMPRE MALE?
Si brusco sono mi sembra di essere vero

«ESSERE VERO» COSA INTENDI?
Perché sono furbo e riesco poco bravo

COSA VORRESTI ESSERE BRAVO A FARE?
Dire e fare tante cose

PUOI IMPARARE... DIMMI UNA COSA...
Mamma sei buona

E ALBERTO?
Con me dispetti

E PAPÀ...
papà no gioia non vuole dietro grande noia

A COSA TI RIFERISCI?
... ti dice mio nome

MA PAPÀ TI VORREBBE SEMPRE PORTARE CON LUI, TI VUOLE UN GRAN BENE.
... no vero

PAPÀ TI ADORA, PERCHÉ DICI QUESTO?
Vuole troppo da me fatica

PAPÀ TI STA AIUTANDO A IMPARARE, E ANCH'IO. FACCIAMO TUTTI FATICA, NON SOLO TU. MA TI VOGLIAMO TANTO BENE.
Sì grazie

Ho scritto così a dieci anni, ma è come fosse oggi. La fatica, le montagne da scalare, la confusione che mi fa soffrire si ripresentano ancora. Ancora papà e mamma si consultano su di me ogni giorno. «Ti dice mio nome», che scrivevo quel giorno con la mamma, significa che sentivo sempre i loro discorsi:

«Cosa ha fatto Andrea?»

«Cosa pensa Andrea?»

«Diglielo anche tu!»

«Se non insistiamo insieme su questa cosa che Andrea deve imparare, deve impegnarsi...!»

Questi discorsi si fanno da sempre in mia presenza. Da sempre. Non è il loro contenuto che mi preoccupa, perché le questioni sono sempre le stesse: devo imparare il controllo, raggiungere l'autonomia, stare meglio insieme agli altri (cioè far stare meglio gli altri in mia presenza). A preoccuparmi è il tono, dell'uno o dell'altra, o di tutti e due insieme. Il tono per me è tutto, è il tono che dentro le parole rivela passione, preoccupazione, progetto, ricerca di soluzioni, piccole soddisfazioni. Fatica. Delusioni. Paura.

Tutte queste cose tornano, anche a vent'anni. Tornano anche oggi, come l'amore di mamma e la tenacia di papà. Quel che ho scritto a dieci anni...:

TRA POCO ARRIVA PAPÀ, SEI CONTENTO?
Ma io voglio grosso fatto bene mi opprime

COSA TI OPPRIME?
Ho duro lavoro

QUALE LAVORO?
ho fatica controllare la mente va e io no

MA VA CHE SEI UN CAMPIONE! PER OGGI BASTA, CIAO.
Ciao mamma capelli mi piace

GRAZIE DEL COMPLIMENTO

... lo potrei riscrivere oggi tale e quale.

Eppure un percorso nel tempo, nel *vostro* tempo, c'è stato anche tra me e papà.

Così a undici anni:

COSA VUOI DIRE A PAPÀ?
Ferisci fuori non andiamo
No macchina
Voglio pizza con dentro tutto
No cambio.
Qui

VUOI LA PIZZA MARGHERITA O LA VUOI DIVERSA?
Voglio grande fatta calzone
Da galeone

LO HAI SENTITO DA QUALCUNO QUESTO NOME?
Sempre davanti li passo

PERCHÉ HAI SCRITTO FERISCI?

HO FATTO QUALCOSA CHE NON TI PIACE?
Giro non volevo ma non capivi
Voglio stare con tutti insieme

Papà prendeva iniziative. Ne prende ancora, certo. È lui che mi organizza le giornate e le attività. Lui per primo non sta mai fermo: se non fa, pensa, immagina, progetta.

Quel giorno volevo stare dov'ero. In pizzeria con altri parenti. «Volevo» nel senso che per me cambiare stato è sempre una fatica, perché mi dà insicurezza. Ai «Cosa facciamo adesso? Andiamo via? Facciamo un giro?» vado in confusione e rispondo sempre: «Io stare qui bello con amici», «Io stare qui bello con mamma...» «... con Cristy».

Papà doveva fare uno sforzo per capirmi. E non si è tirato indietro:

VUOI CHE COMINCIAMO A SCRIVERE IO E TE?
DIMMI TU QUANDO TE LA SENTI, OK?
Dico emozione ho ma sì
Tu lisa mi aiuti?

CERTO! DECIDETE QUANDO E IO TI AIUTO
Serve agenda
Subito

VUOI CHE TI CHIEDO UN'ALTRA COSA O BASTA PER OGGI?
Fai pure

Papà non poteva aspettare un appuntamento. Bravo papà!

SEI CONTENTO DEL RAPPORTO CHE ABBIAMO IO E TE O HAI COSE DA CHIEDERMI?
Due figoni siamo
Siamo belli insieme e tu sei un papà da umani sentimenti che spero impari a cf fare con me, sono felice vuoi tu restare fuori con me ma male ferisce non comunicare tutto qui

Certo, non si possono fare passi da gigante tutti i giorni. Ecco un dialogo tra sordi che in realtà ci sentono benissimo di qualche mese dopo:

MI DICI SE TI PIACE ANDARE A GODEGO IL POMERIGGIO DUE VOLTE A SETTIMANA?
Resto in forte forte dubbio

CIOÈ?
Dico è luogo bello meglio forse di andare in giro in macchina
fai domande più su me e te

ALLORA DIMMI COSA TI PIACE FARE QUANDO SIAMO INSIEME IO E TE, OK?
Io vorrei starti vicino innondandoti di coccole

OK, HO CAPITO, MA TI HO CHIESTO COSA TI PIACE DI PIÙ FARE CON ME QUANDO STIAMO INSIEME. ME LO VUOI DIRE?
UNA COSA SOLA E PRECISA, DAI.
Era preciso

Non solo era preciso. Era *tutto*, per me. Il resto, cioè le cose da fare o non fare, è solo il contorno. Io da quando sono nato vado all'essenziale, e, se c'è l'essenziale, tutto il resto venga come deve venire...

Papà sorride, riflette, un po' si commuove. Poi riprende:

HAI RAGIONE, MA IO VOLEVO SAPERE SE PREFERISCI QUANDO ANDIAMO A CORRERE OPPURE GUARDARE LA TV OPPURE SUL LAGO O A PASSEGGIARE IN PIAZZA O ALTRO.
SE VUOI ME LO DICI SE NO CAMBIAMO ARGOMENTO, OK?
Acqua terme saturnia
Sì
Dai

Saturnia. C'eravamo andati insieme più volte, ed era stato sempre speciale. Ma se non ci fosse stato lui, quel posto diverso da tutti gli altri io non lo avrei compreso così: quando eravamo lì *sentivo* che era speciale perché lui me lo rendeva speciale con i messaggi che mi dava il suo corpo in quel momento, perché vivere quel posto era *vivere lui.*

Queste sono cose che io non dimentico.

Intanto papà va avanti. Invece di fermarsi davanti alle mie parole, cerca sempre una soluzione pratica, qualcosa da fare:

E QUELLE DI COLÀ, DI TERME, NON TI PIACCIONO, CHE SONO PIÙ VICINE?
Si va bene

OK. HAI UN DESIDERIO PER DOMENICA CHE POSSIAMO FARE INSIEME (A PARTE SATURNIA)?
Dico Venezia
Dai sì

Pausa. Papà ci pensa. Forse Venezia va bene. Invece no, adesso ha in testa un altro pezzo di mondo speciale. Strani umani!

LO SAI CHE TRA POCO FAREMO UN VIAGGIO BELLISSIMO? SEI CONTENTO O NO?
Felice ma venezia si va?

SÌ. BASTA CHE NON PIOVE.
TI RICORDI CON CHI SIAMO ANDATI A MANGIARE LA PIZZA DOMENICA?
Tu lo sai dillo rompi con domande di verifica
Voglio fiducia

COME VUOI TU. MA ERA PIÙ FACILE DIRE IL NOME.
VUOI CHE CI SALUTIAMO?
Siamo testardi più io di te

IO SONO MOLTO TESTARDO, SÌ. E ALLORA QUALCHE VOLTA ME LA VUOI DARE UNA RISPOSTA COME VOGLIO IO O DEVE ESSERE SOLO COME VUOI TU?
CIAO, TESTARDONE. MI DICI CIAO SCRIVENDO CON ME?
Ok cercherò di dartela vinta ogni tanto
Io felice gioia ho
Felice sono e tu

MOLTO. MA SAI CHE SARÒ SUPER FELICE QUANDO RIUSCIRÒ A SCRIVERE E COMUNICARE BENE CON TE.
CE LA FACCIAMO, OK. DOBBIAMO IMPEGNARCI. CIAO
PUOI SCEGLIERE TRA CIAO, ALLA PROSSIMA, A DOPO
Ho io
Gioia e lo stavo riuscendo scrivere con te

2013

2009

2009

2009

2014

2012

2012

2014

Roberta, ritratto 2013.
Andrea l'ha regalato alla sua amica.

Autoritratto, 2013.

Fine
Difficile detti troppe regole
Fatico a controllo gestire
Gioia via rubi gioie facendo più parole
Che fatti mi dici che fermiamo. ciao

21

007

INCERTO se lasciarmi circolare da solo anche per le straconosciute vie di Castelfranco, papà ha provato a darmi il permesso di allontanarmi per poi pedinarmi di nascosto. Voleva vedere se avrei deviato dal percorso più breve e in quale direzione. Voleva accertarsi che non toccassi la gente per strada e che evitassi di cambiare le marce a tutte le biciclette posteggiate. Voleva scoprire in quale bar mi sarei infilato di corsa per compiere una delle mie fulminee ruberie d'acqua. Voleva esserci se mi fossi perso ai giardini o se avessi proseguito la mia marcia fuori città, verso l'infinito e oltre.

Insomma, voleva controllarmi senza che io lo sapessi.

Ha cominciato a seguirmi con grande prudenza, mantenendo quella che gli sembrava una distanza di tutta sicurezza.

Io l'ho percepito subito. Non sa quanta energia emana da lui quando ci sono di mezzo io.

Quando già la gente lo osservava con sospetto, con quel suo fare guardingo da 007, io mi sono fermato in mezzo alla strada ad aspettarlo.

Lui è rimasto nascosto dietro una macchina, incerto se la mia immobilità non fosse una prova del mio smarrimento.

«Ecco, non sa più dove andare! Lo sapevo!» si sarà forse detto.

Poi si è arreso, è uscito allo scoperto e io ero lì ad aspettarlo, più vicino di quanto pensasse.

***

Lo 007 di casa mia non si è arreso subito.

Un altro giorno me ne andavo da solo contento, annusando profumi dai bar e percependo voci dai tavolini affollati.

L'uomo si è mosso con calma, contando sulla sua estraneità. A chiunque sarebbe sembrato un signore tranquillo a spasso tra piazza Giorgione e borgo Monte Grappa.

Io ho capito quasi subito che c'era qualcosa che non andava.

«Qualcuno mi segue», ho intuito. «Ancora papà?»

No, papà non c'era. Non lo sentivo vicino. Era a casa, ne ero certo. Quando è in zona il suo sguardo su di me e su tutto ciò che mi circonda è pura energia che attraversa l'aria con lampi di fuoco, impossibile ignorarlo.

Però c'era qualcosa. Ed era qualcosa che riguardava papà.

Ho uno sguardo addosso, ho pensato.

In un attimo ho intuito che c'era qualcuno che mi teneva d'occhio senza riuscire a controllare bene la sua ansia.

Mi sono voltato.

Il tizio che portava sulle spalle come un invisibile zainetto il peso dell'incarico di mio padre stava guardando una vetrina, ma in realtà era tutto concentrato su di me. Era un signore sconosciuto, che non avevo mai incontrato prima.

Un pensiero eccitante mi ha attraversato la mente: «Papà che bello scherzo! Adesso lo faccio impazzire!»

Mi sono voltato e ho cominciato a toccare tutte le biciclette che potevo toccare. Poi ho sollevato l'innaffiatoio pieno d'acqua che una signora stava usando per pulire la strada davanti al suo negozio e ne ho versata un po' sul gradino di ingresso.

«Ehi! Che cavolo fai!?»

L'agente segreto che mi seguiva si è subito allarmato. E da 007 poco esperto qual era si è avvicinato troppo per vedere meglio cosa combinavo, per poterlo poi raccontare a papà.

Ma così era troppo vicino. Non ho potuto fare a meno di guardarlo.

«Andrea bravo», ho detto rivolgendomi proprio a lui, senza ombra di dubbio.

Ha fatto una faccia! Sopra c'era scritto: «Io che c'entro? Per me puoi fare quel che vuoi, non ti conosco né mi interessi...»

Mi sono avvicinato a lui continuando a ripetere: «Andrea bravo! Andrea bravo!»

Ho allungato una mano per toccarlo. A quel punto, se fosse stato davvero uno che passava lì per caso, avrebbe dovuto difendersi o scappare. Invece è rimasto fermo e ha accettato il mio tocco sulla pancia paralizzato dall'imbarazzo. Lì, in mezzo alla strada.

Dev'essere così che si individuano gli agenti speciali imbranati.

22

In lotta con papà

Bradipo bene ora

Chiara, la psicologa, rimane un po' spiazzata. Guarda papà, che attende anche lui di capire, poi batte la sua domanda:

MA IL BRADIPO CHI SAREBBE?
Diventerò un bradipo

SAI COS'È UN BRADIPO?
Sì furbo evita tutto e tutti dormendo

LO VUOI DIVENTARE O PENSI CHE LO DIVENTERAI PER QUALCHE MOTIVO?
Di certo fare voglio

COME MAI VUOI FARE IL BRADIPO?
Attitudine ho

QUESTO DISCORSO È COLLEGATO ALLA NOSTRA CHIACCHIERATA DI IERI?
Egregia deduzione

PER COINVOLGERE PAPÀ NELLA NOSTRA CHIACCHIERATA POTRESTI DIRGLI CHE...
Temo suo giudizio

IN COSA TEMI CHE TI GIUDICHI?
Rovino sempre tutto

COME SEI SEVERO CON TE STESSO, OGGI. VUOI CHE PAPÀ LEGGA E TI RISPONDA?
Subito

Ed ecco papà:

SEI UN SALAME SE PENSI COSÌ. A ME PARE CHE NON ROVINI UN GRANCHÉ. PIUTTOSTO, SEI PRONTO PER DOMANI?
Arriva subito se curi tue durezze
Tutti avete decisioni, io no
Beh, forse è troppo!

IN COSA VORRESTI POTER DECIDERE?
Durata viaggio in barca
Cerco rompere per importi mie scelte

OK, DECIDI TU. PARTIAMO MARTEDÌ SÌ O NO?
Zitti e muti e non fate agitare sì
Urge bene programmare
Sì o tuffi non riuscirò

Dura la vita, se ogni cosa che fai mette in agitazione tutti. Meglio allora chiudersi in casa e stare fermo, immobile.

Intanto papà prende le mie difese da tanti cretini che non sanno fare un piccolo sforzo per accettarmi. Quelli che vorrebbero davvero che io stessi chiuso in casa e me lo fanno capire, eccome!

Anche questo mi sembra buono, da parte di papà. Ma come faccio ad avere semplicemente la pace? La risposta non c'è, non da parte di papà. Lui guarda avanti. Nell'azione c'è la risposta, pensa lui.

Avrà ragione, visto che ne è tanto convinto.

Un giorno gli scrivo:

Dico orgogliosi grandi genitori voglio diventare due di me fieri e se sto in casa bene mi ci sento protetto da pericoli di perdite dolorose di controllo delle emozioni.
Stupido mi sento se in giro dico cavolate facendo la figura del ritardato come a verona

OK, CI SIAMO SPIEGATI A VOCE SUL FATTO CHE CAVOLATE NE DICI, MA PER IL RESTO GLI STUPIDI SONO ALTRI E ANDANDO IN GIRO TE LI FARÒ VEDERE BENE IO CHI SONO.
ALLORA, SICCOME UN PO' IN GIRO ANDREMO, SCEGLI TRA:
TERME – CORSA – MONTAGNA – GIRI IN AUTO – MILANO – ALTRO...
io dico giri andrei un po' tenterei montagna e pattinare sul ghiaccio vorrei dico ci provo ma se faccio casino non ti vergognare di me

IO NON MI VERGOGNO E SONO SEMPRE PIÙ FIERO DI TE.
SE A VOLTE TI RICHIAMO È PER MIGLIORARE COME FANNO TUTTI I PAPÀ CHE VOGLIONO BENE AI LORO FIGLI. CAPITO, TESTONE?
ALLA PROSSIMA, CIAO.

Perdere il contatto, perdere la sicurezza di esserci l'uno per l'altro. Io *sento* la distanza, io *vedo* la distanza con le persone che amo. Io faccio cose faticose, fatico e imparo a memoria la vita, ma non mi adeguo mai a questa distanza, mai:

Uomo non giusto

A CHI TI RIFERISCI?
Lontano papà

LONTANO?
Franco tu sei lontano dentro

LONTANO DENTRO?
Io sento te non vicino

COSA TI FA PENSARE CHE PAPÀ NON TI SIA VICINO?
prima meno pensieri

HAI FATTO CENTRO. IN QUESTI GIORNI HO UN PO' DI PENSIERI CHE MI PREMONO MOLTO. IO SONO MOLTO FIERO DI TE SEMPRE PIÙ. QUANDO CI SONO PENSIERI È PIÙ DIFFICILE DIMOSTRARTI IL MIO AMORE, MA SONO SICURO CHE PASSA PRESTO. NON PREOCCUPARTI. OK?
Sono con te sempre voi amore tanto

«VOI AMORE TANTO»...
Mi regalate io niente vita vi faccio fare bene ferite grandi vi dovete sentire

ANDREA, I MIEI PENSIERI DI QUESTI GIORNI RIGUARDANO IL LAVORO E LE MIE AMICIZIE. PER QUESTA VOLTA TU NON C'ENTRI, ANZI TI VEDO BENE E BRAVO SIA A SCUOLA CHE A CASA. TI VOGLIO BENE.
io totale sicurezza di mio amore ti dono papà

E IO ANCHE A TE. PUOI CONTARCI, ANDREA!!!!!!!!

Papà a volte fa la parte del duro. Ma il problema per me è che lui è un duro davvero!

CIAO, COME MAI PARLI SEMPRE MENO?
In confusione è mia testa

COSA SUCCEDE QUANDO LA TUA TESTA È IN CONFUSIONE?
Vedo le parole e non riesco a dirle

MA SEI PIÙ IN CONFUSIONE DEL SOLITO IN QUESTI ULTIMI GIORNI?
Sì

C'È QUALCOSA CHE TI PREOCCUPA?
Rientro a scuola

PERCHÉ SEI PREOCCUPATO PER IL RIENTRO A SCUOLA?
Paura di non controllarmi

A SCUOLA LE COMPAGNE TI ASPETTANO. HAI L'ORARIO RIDOTTO E UNA BELLA PROGRAMMAZIONE CON LAVORI A GRUPPETTI E ANCHE DELLE USCITE FUORI DOVE FARAI DELLE FOTO.
INOLTRE GUARDERAI PRIMA DI ANDARE A SCUOLA IL TUO CALENDARIO CON LE COSE CHE FARAI.
TU STAI TRANQUILLO. ANDRÀ TUTTO BENE.
Ansia ho se non riesco papà mi odia

A ME PARE CHE STAI ESAGERANDO. PAROLE COME ANSIA E ODIO MI SEMBRANO FUORI POSTO. PROVIAMO INVECE A DARCI DA FARE SENZA FARE LE FRIGNE E LAMENTARSI PER NIENTE: SI VA A SCUOLA E SI FA QUELLO CHE SI DEVE FARE, PUNTO.
Papà tu hai no confuso
Io male sto

DEVI FARCELA. CE LA PUOI FARE. TI STAREMO TUTTI VICINO.
Grazie scusatemi
Andrea vuole parlare
Non riesco a dire le parole
Sto male

HAI ANCHE MALE FISICO?
Male la testa

DAI, ANDIAMO A FARE UN GIRO, DOMANI SCRIVIAMO ANCORA

E il confronto continua. Continuerà sempre:

Tu non sai che io dico solo la verità

A COSA TI RIFERISCI?

Chiara non capisce, pensa che ce l'abbia con lei. Ma papà è qui, e io ce l'ho con lui. E lui con me.

Parlo con mio padre

SÌ, PADRE, FIGLIO E SPIRITO SANTO...
PERÒ OGNI VOLTA CHE TI CHIEDO DOVE SEI STATO DURANTE LA GIORNATA NON MI DICI MAI LA COSA VERA... E ALLORA?
Franco devi fidarti di me, mi piacerebbe che tu diventassi autistico

SAI CHE CASINO FACCIAMO POI INSIEME???
SU COS'È CHE DEVO FIDARMI?
Ce la metto tutta

E quando ci vuole, ci vuole:

Ho detto a papà quello che pensavo

A COSA TI RIFERISCI?
Allo scritto di martedì

MI STAI DICENDO QUESTO PERCHÉ...
Fa fatica ad accettarmi

23

Purtroppo ti voglio bene

Papà non ha mai smesso di interrogarmi. Ha sempre pensato che l'indicazione sul modo giusto per aiutarmi debba venire da me.

Ragione su mio autismo

C'È QUALCOSA CHE MI VUOI CHIEDERE SU QUESTO PER AVERE MENO DUBBI?

Sì quanto devo stare a riflettere per riuscire a fare bravo?
E devo temere per sempre il mondo?
E dovrò fare grande errore con parlare?

1. SE CONTINUERAI A IMPEGNARTI COSÌ TANTO DOVRAI RIFLETTERE SEMPRE MENO PER FARE IL BRAVO.
2. PIÙ COSE CONOSCERAI DEL MONDO E MENO NE AVRAI PAURA.
3. DA QUANDO TI CONOSCO SEI MOLTO MIGLIORATO NEL PARLARE. ANCHE PRIMA MI HAI DETTO «VENGO LÌ» E SEI VENUTO. VEDI CHE PARLI MEGLIO? E SARAI SEMPRE PIÙ BRAVO.

L'atteggiamento di papà è importante. Significa che, anche se lui è un tipo abituato ad agire, a programmare, a comandare, non ha mai smesso di imporsi di ascoltarmi. Anche se gli costa fatica:

RIESCI A DIRMI COSA POSSIAMO FARE NOI PER AIUTARTI?

IO, LA MAMMA, ILEANA, LA CHIARA...
Bene vi chiedo
Ordine dove non riesco a metterlo da solo

TIPO DOVE?
Nelle mie giornate

PER ESEMPIO USANDO IL CALENDARIO O TI RIFERISCI AD ALTRE COSE?
Calendario

ANDRE, VORREI SAPERE SE UN GIORNO ALLA SETTIMANA TI VA BENE DI ANDARE CON CRISTY ALLA CASA GIALLA DI BIZZOTTO, IL CENTRO DOVE OSPITANO RAGAZZI AUTISTICI PER FARE CON LORO DELLE ATTIVITÀ DURANTE LA GIORNATA...
Ok sentiamo cosa posso fare

DAI PRIMI INCONTRI TI È PIACIUTO O MENO L'AMBIENTE?
Contento sarei se potessi dipingere

OK, NE PARLIAMO CON BIZZOTTO. ALLORA COMINCIAMO CON UN GIORNO ALLA SETTIMANA E POI VEDIAMO COME VA, OK?
Dico proviamo

MA INSOMMA, ANDREA, CI VAI VOLENTIERI O NO?
Ho bisogno di provare

OH, ROSPO, MI VUOI BENE?
Purtroppo te ne voglio tantissimo

IO TE NE VOGLIO SENZA PURTROPPO. CIAO

24
Complimenti sinceri

CIAO, CARO ANDREA, COME STAI?

Situazione buona

MI FA PIACERE...

ANDREA, MI DICI SPESSO «PAPÀ...» E MI SEMBRA CHE VUOI DIRMI QUALCOSA, MA POI LA TUA RISPOSTA È SEMPRE «CIAO» OPPURE «TANTO BENE». VUOI DIRMI QUALCOSA DI DIVERSO E NON CI RIESCI? MI PUOI SPIEGARE?

Ho tanto da dirti

QUESTA È L'OCCASIONE BUONA

Diverso ti sento da tempo tu con me

DIVERSO?

Meglio

GRAZIE, ANDRE, E COSA VUOI DIRMI?

Voglio dirti il mio grato bene, tutto vorrei dirti su come lavori ti diverti

HAI TERMINATO LA FRASE?

Io, non ci riesco a dirti cosa penso

A PAROLE NON RIESCI, E SCRIVENDO?

Sì

Ma, non quando ti chiamo

BENE, HO CAPITO. ADESSO PROVIAMO A TIRARE FUORI UNA COSA. PARLIAMO DI LAVORO, DIVERTIMENTO O ALTRO?

Lavori con grinta, non senza rispetto per gli altri

MI IMPEGNO PIÙ CHE POSSO SULLE MIE COSE, ANDREA, PER QUESTO CERCO DI INSEGNARLO A TE.
DEVI IMPEGNARTI CON LA SCRITTURA, PENSI SIA GIUSTO?
Dico sono fiero di te

GRAZIE ANCORA, È BELLO SENTIRLO QUALCHE VOLTA.
IO TI AMMIRO TANTO E CREDO CHE SEI PIÙ IN GAMBA DI ME.
TI VOGLIO BENE. CIAO, PAPÀ.

Davanti a me, gli esami di terza media. Di fianco a me, papà.

CIAO, ANDREA, RISPONDI ALLA DOMANDA DI PAPÀ: VUOI SCRIVERE QUALCOSA PER I TUOI O OCCUPARTI DEL COMPITO DI ITALIANO?
Aspetto con molta agitazione

CHE COSA? CHI?
Esami voglio fare bene

ALLORA INIZIAMO CON LE PROVE D'ESAME?
Meglio

TITOLO DEL TEMA DI ITALIANO: «SCRIVO UNA LETTERA A...»
Numero uno mio papà.

Piccolo uomo mi commuovo con te che in questi anni sei cambiato e voli con fragile figlio autistico, non sicuro di tenere rotta giusta ma certo di voler viaggiare con lui.
Giro con te pieno di gioia e di orgoglio io uomo mi sento ma coraggio mi vuole per piacere a te dritto e ligio viso di chi conosce il mondo.

25

Papà a lavorare; passa a prendermi mamma

Un giorno al mare io e mamma.

Il cielo è azzurro come il nostro umore. Sulla spiaggia siamo bellissimi.

È domenica. Di solito andiamo al mare durante la settimana, quando c'è meno gente, ma la giornata è così splendida che mamma ha pensato di rimanere, me l'ha proposto e io ho accettato con gioia.

Quando me l'ha detto mi sembrava di sentire la voce dell'estate che mi parlava. Ho intravisto i suoi occhi brillare dietro le lenti scure degli occhiali da sole, grintosi come lei, desiderosi di cose belle. Percepisco sempre il suo istinto pieno di fiducia, quando si inventa qualcosa di buono.

Per farmi stare meglio bastano una sua risata e la luce che porta sempre con sé e illumina ogni cosa ovunque arrivi.

Sistemiamo gli asciugamani gialli e arancioni vicino al pontile, dove c'è un lungo percorso di grandi massi arrotondati che va verso il mare.

Corro verso quelle rocce ruvide, mi arrampico e salto da una all'altra con l'agilità di un gatto. Tra i massi, piccoli sassi levigati dalla corrente brillano al sole e attirano la mia attenzione. Li raccolgo, li osservo. Li lancio verso l'acqua e resto a fissare i cerchi che si allargano quando il sasso cade, poi le onde, ogni minimo movimento, ogni increspatura.

Amo il mare.

Niente sta fermo, l'acqua si muove con noi e mi abbraccia senza invadere mio mondo

Mamma mi raggiunge e mi fa compagnia per qualche istante. Però resta in silenzio. Sa che sono immerso nell'atmosfera che mi circonda.

Passa un lungo momento, poi mi saluta.

«Vado a prendere il sole.»

Si allontana tranquilla. Si fida.

Fa bene. Conosco la zona e so dove potrò trovarla.

Entro in acqua e ammiro il faro che si innalza davanti a me. Dietro c'è il porto, da dove escono le barche.

Mi piacciono, le barche, ma mi piacciono soprattutto le moto d'acqua. Quando ci sono salito, con papà, abbiamo sfrecciato sulla superficie del mare e mi sono sentito leggero e veloce come un delfino.

Ecco, adesso ho proprio voglia di fare un giro in moto d'acqua.

Papà è via per lavoro, ma so che approverebbe. È un po' che non andiamo in moto insieme, e mi manca la sensazione di volare che io e lui abbiamo assaporato nei nostri lunghi viaggi.

Nuoto tranquillo, supero il faro e osservo il porto, standomene al largo. Mi godo la freschezza delle onde che mi cullano e intanto osservo. Aspetto. Come potrei fare per guadagnarmi un bel giretto?

A un certo punto, proprio come mi aspettavo, eccola là: una moto d'acqua esce e viene verso di me.

Sopra c'è una coppia, li vedo bene.

Ovviamente sono felicissimi.

Un po' li invidio.

Mi viene un'idea.

Mi sposto verso di loro e mi faccio notare.

Mi vedono, rallentano subito e si avvicinano.

Sono solo in mezzo al mare e devono essersi preoccupati di trovarsi davanti un tizio che nuota proprio sul loro percorso.

Li fisso come se fossero la mia salvezza.

«Tutto bene?» chiede lui. «Meno male che ti abbiamo visto!»

«Ciao, belli!»

Lei mi riconosce.

«Ciao! Sei Andrea, vero? Ti ho visto in televisione!»

«Andrea», confermo, muovendomi piano nell'acqua, come se fossi stanco, e tenendo fisso su di loro uno sguardo implorante.

«Come stai?»

«Bene.»

«Cosa fai qui da solo?»

«Sì, qui!» rispondo. Non aggiungo altro. Vediamo cosa decidono di fare del loro amico in mezzo al mare...

«Ma dov'è papà?»

«Lavorare papà.»

«È a lavorare!?»

Subito si agitano.

Sta andando bene.

«Si sarà perso», dicono. «Che facciamo? Lo portiamo dai bagnini?»

L'uomo mi parla, tutto ansioso. Alza la voce, come succede sempre quando qualcuno pensa di dovermi spiegare qualcosa. Quando gli altri si preoccupano per me.

«Andrea, ti portiamo dai bagnini, hai capito? Così è più facile trovarti, se ti sei perso. Sali?»

Non so che reazione si aspettino, forse pensano che sarà difficile convincermi a fidarmi di loro.

Io invece sono entusiasta: «Vuoi salire un po', sì!» grido. «Moto bella!»

Salgo sulla moto con una rapidità che li spiazza.

«Sei già stato su una di queste?»

«Sì, papà, bello!»

Partiamo. I due sono di nuovo rilassati. Pensano che stanno facendo la cosa giusta. E io ce l'ho fatta! Sono sulla moto d'acqua e non ho dovuto nemmeno aspettare tanto.

Cominciamo a volare. Dentro di me sto ridendo alla grande. La scena del ragazzo perduto funziona sempre: avevo voglia proprio di questo ed eccomi qui!

Facciamo un ampio giro a tutta velocità. L'acqua esplode intorno a noi con i suoi bellissimi riflessi di luce. Mi tengo stretto, grido di gioia. Si divertono anche loro.

Dopo un po' mi portano dai ragazzi del salvataggio, sotto la torretta. Spiegano di avermi pescato in mare, mentre galleggiavo perso per le trafficate vie delle barche. Riferiscono anche che papà è a lavorare.

I bagnini si preoccupano. Mi fanno domande e io non rispondo. Vediamo come va a finire anche questa nuova avventura.

In pochi minuti decidono di chiamare i carabinieri.

«Aspetta qui», mi ordinano.

Non me ne vado. Sto seduto e osservo il mare. La moto d'acqua si è già allontanata. Dopo mi sa che entro in acqua di nuovo e mi metto nella stessa posizione di prima, in attesa che esca qualcun altro.

Passa del tempo e arrivano i carabinieri. Ascoltano le spiegazioni dei bagnini e poi mi portano via.

Salgo sulla loro macchina, dietro.

Interessante.

Ho solo un po' freddo, a piedi nudi e con addosso soltanto il costume rosso.

Partiamo.

Che giornata sorprendente!

E la mamma?

Sono tranquillo, mi cercherà sicuramente. Andrà dai bagnini e loro le spiegheranno dove sono finito. La vedo che si riveste in fretta, tira su la borsa, cerca le chiavi della macchina, intanto telefona ai carabinieri e poi si getta nel traffico.

Ecco, il traffico. Siccome è domenica, i carabinieri procedono piano. Poi perdono la pazienza e cominciano a superare tutti facendo manovre che papà di solito non può fare.

Mi agito un po', faccio sentire qualche mugolio, alzo il tono, batto le mani forte forte e grido di soddisfazione. So che così penseranno che potrei essere pericoloso, che potrei avere una crisi. Perciò si affretteranno ancora di più verso la caserma. E infatti succede proprio così.

Quando arriviamo da loro, tutti sono su di giri, allarmati e attivi. Come al solito la cosa mi diverte moltissimo.

Rido di loro preoccupazione

So pure che sotto sotto sono anche eccitati per la situazione nuova che stanno vivendo. Hanno catturato un personaggio particolare, dovranno dimostrare di essere capaci di affrontare l'imprevedibile!

Li sento confabulare alle mie spalle, convinti che io non senta e non capisca nulla, e me la rido mentre comincio a lavare tutto il portico con la canna dell'acqua lunga e verde che percorre sinuosa il cortile della caserma. Mi diverte lo spettacolo dell'acqua che corre via e rotola per il pavimento plasmando innumerevoli forme.

Improvvisamente squilla il telefono.

Come immaginavo, mamma mi sta cercando.

Dice che arriva.

Tutti sono piuttosto sollevati.

Continuo il mio lavoro, sotto gli occhi vigili dei miei nuovi amici.

Passa una mezz'ora.

Dalla telefonata successiva capisco che il traffico della domenica ha bloccato la mamma e so bene che lei non può fare gli stessi sorpassi dei carabinieri. Perciò ci vorrà un po'. I carabinieri lo capiscono anche loro e si armano di pazienza.

Io apro tutti i rubinetti nei bagni. Loro li chiudono, ma non osano sgridarmi, non sanno come potrei reagire. Ma quando comincio a spostare le loro carte in ufficio, iniziano ad allarmarsi. E io, apposta, faccio sempre più casino.

Sento che lo scherzo sta venendo benissimo.

A un certo punto due di loro, belli robusti, mi accompagnano senza discutere in una stanza e mi chiudono lì.

Peccato, mi stavo divertendo.

Ora sono loro a chiamare la mamma.

«Signora, faccia presto, la prego! Non sappiamo come tenerlo! Ha innaffiato il portico e il giardino, apre tutti i rubinetti, ha spostato tutto!»

Silenzio.

«Sì, insomma, ora lo abbiamo chiuso in una stanzetta. Ma lei venga presto!»

Quando ormai sono tutti pentiti di avermi portato qui, arriva la mamma.

Finalmente! Sono contentissimo. Non perché non ce la facessi più o perché avessi paura. Ma perché non vedevo l'ora che anche lei partecipasse alla festa.

Aprono la stanza e io schizzo fuori in un nanosecondo, a piedi nudi e in costume rosso.

E lei ride!

Questo volevo: la sua risata, che non cambierei con nulla al mondo.

I carabinieri non sono altrettanto contenti. Quasi si arrabbiano con la mamma. Ma vederli così è il massimo dello spasso.

Lei fa la seria.

«Ma Andrea!»

«Arrabbiati carabinieri», rispondo. E rido.

Lei mi guarda e ride, anche se adesso solo con gli occhi.

Continua a fare la seria.

«Dov'eri finito?»

«Arrabbiata mamma», dico, e assumo l'atteggiamento da figlio pentito.

Lei mi abbraccia.

«Un casino!» esclamo.

E finalmente ridono tutti.

Mamma ringrazia con calore. I carabinieri si scusano. «Dovere», dicono. Uno di loro si commuove, perfino, vedendo la mamma così sollevata e radiosa.

Ci salutiamo.

Penso che sia stata anche per loro una bella giornata.

Usciamo e saliamo in macchina.

«Andrea, Andrea...» ripete la mamma, con un misto di gioia e di dubbio.

La guardo.

Poi cerco di stringerla e di baciarla.

Ride di nuovo.
La conosco, non riesce a essere arrabbiata, perché nonostante sia stata un'avventura impegnativa alla fine si è divertita anche lei.
Immagino che rideranno parecchio, lei e papà, quando gli racconterà tutto quanto.
Partiamo.
Con un tono che non riesce a essere di rimprovero mi domanda: «Andrea, ma dove sei scappato? Dove volevi andare?»
«Fino in fondo», rispondo.
E «fino in fondo» significa «nel cuore della vita». Significa che io non voglio fermarmi mai, perché voglio tutto di ogni momento, di ogni incontro, di ogni sfida e di ogni occasione. Di ogni gioia e di ogni dolore.
Perché non ho nulla da perdere.
Fino in fondo: sfido la vita a chi arriva per primo.
So che lo capisce anche papà.

26

Guarire papà

Papà prepara il mio futuro. A questo serve l'ABA, per esempio. Lui ne è convinto e io ci credo grazie a lui. Faccio fatica, ma mi impegno.

Papà prepara anche il mio futuro senza di lui, qualsiasi cosa significhi questa idea che proprio non può entrarmi nella testa.

Oggi sta facendo moltissimo anche per altri ragazzi autistici come me, attraverso la fondazione I Bambini delle Fate che è diventata il suo lavoro. Tante cose sono cominciate grazie a me.

Papà fa tanto, per me. Ma anche io posso fare qualcosa per lui. Anzi, qualcosa di grande.

Lui non può guarirmi.

Un tempo glielo chiedevo spesso. Oggi molto meno, perché ho visto che non ce la può fare. Lui può solo prendersi cura di me, e lo fa, eccome.

Io, però, posso *guarirlo*:

Io guarisco papà sì
Guaritore sono

SEI TU IL TUO GUARITORE?
No io guarisco papà

COSA DEVO FARE ALLORA?

Stare con me

NON TI PARE CHE SIAMO QUASI SEMPRE INSIEME?

Grazie, sì

Oggi vivo con papà. È lui che mi dà sicurezza, insieme a tanta, tanta pressione. È lui che mi manda in confusione, certe volte, ma è lui che mi tiene ancorato al mondo.

Con lui, per esempio, scrivo di più. Se lui non è presente nella stanza dove scriviamo, io vado facilmente in confusione, cedo alla mia voglia di scappare via. Non è indispensabile che lui dialoghi sempre con me, basta che sia presente, seduto davanti a me a consultare il cellulare per appuntamenti o a dare risposte urgenti.

Non posso immaginare di restare senza di lui.

Ma non rinuncio mai a cambiarlo. Per stare meglio io, per far stare meglio lui.

CIAO, ANDREA

Ciao papà

Sono stanco

STANCO DI COSA?

Di scrivere

CI SONO ALTRI MODI PER SAPERE QUALCOSA DA TE?

Leggi pensiero

TU CI RIESCI?

Sì

COSA STO PENSANDO ADESSO?

Tu vorresti liberarti dai doveri

QUALI DOVERI?

Andrea Nonna e da chi ti fa richieste di aiuto. Papà umano di aiuto hai bisogno. tu sei stanco. ricevere si vuoi.

ALLORA LEGGI DAVVERO, HAI FATTO CENTRO.

NON VOGLIO LIBERARMI, VOGLIO CHE STAI BENE, SEI TU CHE PUOI AIUTARMI, EXTRATERRESTRE?
Io provo ma forza blocca Andrea

QUALE FORZA?
confusione di testa

TUA O MIA?
Mia

Eppure io ho anche altre risorse. Ci sono dimensioni che papà intuisce appena, e se ne ritrae. Ma io posso aiutarlo ad aprirsi all'essenziale e allo straordinario.

L'essenziale è tutto ciò di cui ho davvero bisogno. Tutto quel poco oltre al quale per me c'è solo confusione, paura e smarrimento.

Lo straordinario io lo trovo in qualunque momento, accanto a me. Spesso è quando travolgo due persone al bar, quando le coinvolgo con un saluto vigoroso nella ventata di entusiasmo che mi assale e che vorrei esplodesse tutto intorno.

L'universo intero, in quel momento, mi sembra pura energia, e io e tutti quelli intorno a me ne facciamo parte.

Difficile, ovviamente, trovare le parole per dire queste cose. Difficile anche perché lo straordinario non sta nelle parole. O forse un poco si affaccia nelle parole che sorprendono:

CIAO, ANDREA, SCRIVIAMO?
Sì dai

MI DICONO CHE SEI IL MIO ANGELO...
Angelo protettore di papà
Io rendo papà sicuro di esistere.

IO NON CI CAPISCO NIENTE DI QUESTE COSE, E POI NON CI CREDO AGLI ANGELI...
Fede si costruisce ogni giorno. Andrea è vicino apposta

IO INTANTO SEGUO QUELLO CHE CONOSCO, ASPETTO DI RICEVERE TUOI SEGNALI...
Ricevi e non vedi

MI DISPIACE, SARANNO QUESTI I MIEI LIMITI, NON VEDO PROPRIO. POTRESTI AIUTARMI SE FOSSE VERO...

Un giorno vicino con papà spiego risposta con cuore

ASPETTO CON MOLTA CURIOSITÀ. MA DIMMI UN PO', COME SI STA NEI PANNI DI UN ANGELO, DIVERSO DA TUTTI NOI... STAI BENE?

Grande fatica sopportare tanti umani con bisogni di love

MA TU STAI BENE O NO?

Resto bene
Resto male

RESTO BENE QUANDO...

Ho vicino accettazione di vita uomini poco felici sono io aiuto a capire i limiti di infelici ciechi

E RESTI MALE QUANDO...

Nervosismi inutili

OK, ADESSO SCRIVIAMO UN MESSAGGIO PER TUTTI I TUOI AMICI DI FACEBOOK CHE SONO TANTI E TI LEGGONO...

Tanti veri baci a tutti.

COSA VUOI FARE CON PAPÀ?

Brasile andare

SOLO SE SARAI BRAVISSIMO A SCUOLA E CON LE PERSONE...

Tocco morti con bisogno di love

CHI SONO I MORTI?

Persone nervose
Ciao

27

Cose che papà ha capito da me e spiega al mondo

PER scrivere i libri sui nostri viaggi e sulla sua esperienza di padre di un ragazzo autistico, papà si è lasciato aiutare da me. Così anch'io ho cercato di dare un nome alle cose che insegno, a lui e a tutti quelli che mi incontrano ogni giorno, con ogni gesto, con ogni carezza. Ma anche con ogni grido, e agitazione, e gesto brusco, e fuga e mancanza di controllo...

Un giorno mi domanda:

PENSIAMO ALLA FRASE DA INSERIRE NEL TUO LIBRO?
Vita dura io ho evidente a tutti io non lascio e di aiuto i miei pensieri sono per chi legge e sa andare oltre e crede che non ci sia in ognuno di noi un solo uomo ma diversi talenti fermiamoci a guardare non con gli occhi ma con cuore.

CI METTIAMO DELLE VIRGOLE E DEI PUNTI?
Tentate di rovinarmi mio capolavoro

SIGNOR MODESTINO! LASCIAMO COSÌ?
Franco vuole la perfezione e lo facciamo felice: mettete virgole e punti

Papà procede:

Vita dura io ho, evidente a tutti. Io non lascio, e di aiuto i miei pensieri sono per chi legge e sa andare oltre e crede che non ci sia in ognuno di noi un solo uomo, ma diversi talenti. Fermiamoci a guardare non con gli occhi ma con il cuore!

POETA, LE VA BENE?
Forte mi piace dico va bene

Dai libri siamo passati in televisione:

CIAO, ANDREA,
DOMENICA SAREMO OSPITI DI MARA VENIER A *DOMENICA IN*...
IO PARLERÒ DELLA FONDAZIONE E DI COSA SI PUÒ FARE PER I TANTI RAGAZZI CHE HANNO BISOGNO DI AIUTO. SAREBBE BELLO UN TUO PENSIERO, PER I RAGAZZI O PER CHI VUOI TU.
A TE LA PAROLA, TI SENTIRÀ MEZZA ITALIA...
Senza parole io sono fuori dal mondo il mio autismo mi porta ed è grazie a voi che io esisto.
Non una voce ma un coro insieme che parla di diverse persone speciali che a loro modo ci insegnano ad amare.

BENE, ANDREA, VUOI AGGIUNGERE QUALCOSA PER MARA CHE CI OSPITA...
Noi Mara ti chiediamo umano gesto di aprire tuo salotto a chi trova porte chiuse nella vita.
Grazie

Io faccio quel che posso. Ma tra noi due il grande comunicatore è lui. E non solo perché io sono l'autistico e lui è quello sano. No, non è solo questo: è soprattutto perché le cose che lui sente giuste le sente più giuste e urgenti grazie a me.

Per me papà sgrida il mondo, *per me* vuole svegliare tutti. Attraverso di me gli giunge l'energia con cui comunica. Persino, a volte, un po' di rabbia, che lui sempre si sforza di rendere positiva.

Durante il nostro viaggio di questa estate in giro per tutta l'Italia abbiamo fatto quasi settemila chilometri e abbiamo toccato tutte le regioni. Da ogni regione abbiamo mandato al sito di Tgcom24 delle foto bellissime e un messaggio.

Caricato dal viaggio, dalle bellezze, dal mare, dai panorami, da tanta bella gente che ci ha accolto con generosità, e soprattutto caricato da me, papà ha dato il massimo.

Prima di partire gli ho scritto:

Il viaggio per noi è un impegno importante portare esempio positivo di vita diversa nel nostro paese il più bello al mondo

VUOI DIRMI QUALCOSA PRIMA CHE PARTIAMO, VISTO CHE POI MI DIRAI POCHE COSE...

io sono la tua morosa silenziosa. Grazie papà.

ANDREA, VA'...

In mona

BRAVO!!!

E con la sua morosa silenziosa papà ha trovato sempre le parole giuste. Ecco qualche esempio:

SARDEGNA (Trentasette foto: grande mare! Grandi bagni! Grande simpatia! Spaparanzati al sole, a L'Alguer, a Cabras, su spiagge di sabbia bianca, davanti a ottimi piatti vuoti, a un villaggio minerario, Beni beniusu!, alle dune di Piscinas, a spasso per Cagliari...).

Messaggio di papà:

Lo sapevate che nel mondo per ogni ragazzo down ci sono dodici ragazzi con autismo???

Questo dato mi ha sorpreso: ma dove sono questi ragazzi, che in giro non se ne vedono così tanti?

Io lo so dove sono... perché il più delle volte non è così facile come con Andrea con il quale si può andare in giro e fare anche un po' di festa. Quasi sempre le situazioni sono molto difficili.

Non possiamo più chiudere gli occhi sullo stato di così tanti ragazzi.

Noi cerchiamo di parlarne il più possibile, a modo nostro.

Se sbagliamo qualcosa chiediamo scusa, ma c'è bisogno di una

rete di mani, di coscienze, di informazione, del piccolo contributo di ognuno di noi.
È possibile aiutare questi ragazzi a sorridere, almeno qualche volta, ed è un grande gesto diventare loro amici, almeno per un po'.
Sai Andre, mi piace molto parlare dell'EDUCAZIONE SOCIALE NELLE SCUOLE. Pensa cosa sarebbe questo mondo se un'ora alla settimana si parlasse di sociale ai ragazzi fin dal principio del loro percorso educativo. Se ognuno dei trenta alunni di una classe dedicasse un giorno al compagno con disabilità, per i compiti, per una passeggiata... sarebbero trenta amici, e magari alcuni di loro resterebbero amici per la vita... Quante cose belle in un colpo solo.

SICILIA (Novantasette foto: ma quant'è bella, 'sta regione? Palazzo Adriano, io da un vero barbiere di una volta, una scogliera bianchissima sul mare, un tempio greco color del miele, una vera granita, Gela, Ragusa, un ballo in piazza, *CU NASCI TUNNU NUN PO MORRIRI QUATRATU* – a questo ci devo pensare... –, Pachino, Noto, mare di perla, quaranta gradi all'ombra, Catania, Taormina, una batteria a casa di amici...).
Messaggio di papà:
Proprio quattro anni fa, il 15 agosto 2010, nel viaggio americano, abbiamo conosciuto Jorge, il ragazzo autistico e paraplegico che viveva in una topaia lungo una strada del Costarica, in totale degrado.
Un incontro folgorante! Oggi, grazie ai ricavi del libro *Se ti abbraccio non aver paura*, Jorge ha una casa, un letto, una tv e una carrozzina per spostarsi.
Andare a dormire la sera ora è più gratificante sapendo che anche lui può star bene.
Con questo viaggio, ma soprattutto con l'iniziativa SPORCATEVI LE MANI, vogliamo sostenere tanti ragazzi in difficoltà, qui in Italia, che non hanno possibilità di speranza per la loro difficile situazione di disabilità.

Diamo un giorno al mese del nostro tempo a uno di questi ragazzi, un po' della nostra amicizia, possono accadere cose meravigliose.
... e se proprio non sai come fare aderisci a SPORCATEVI LE MANI:
- ogni cento adesioni sosterremo con un programma personalizzato un ragazzo della tua provincia (lo stesso percorso che sta facendo Andrea);
- ogni mese sarai aggiornato su cosa stiamo facendo, su dove va il tuo contributo, sul nome del ragazzo che aiuti e i recapiti delle persone che lo seguono attivamente;
- ogni mese, inoltre, pubblichiamo sui quotidiani italiani ogni informazione con nomi, telefoni e somme raccolte.
Se vuoi essere con noi e sapere come operiamo puoi vedere tutto sul sito www.sporcatevilemani.it
NON TENIAMO IN TASCA LE NOSTRE MANI PULITE, MA SPORCHIAMOCI LE MANI !
Non c'è sensazione migliore che sentirsi esausti dopo aver fatto qualcosa di buono!

LAZIO (Trentasei foto: ROMA O MORTE, l'ospedale pediatrico Bambino Gesù, rovine romane e belle turiste, piazze di qui e piazze di là, terrazze e lungotevere di sera d'estate, via Franco Califano, *Tutto il resto è noia...*).
Messaggio di papà:
Una cosa di cui sono profondamente convinto, conoscendo bene Andrea e avendo conosciuto tanti tanti tanti ragazzi con autismo, è che tutti loro, dico tutti, hanno PIENA COSCIENZA della loro situazione.
Anche quelli che hanno situazioni critiche sia fisiche che di comunicazione e che non hanno mai detto una parola.
Vedono gli altri ragazzi che vivono la loro vita, vedono noi, come ci comportiamo con loro, sanno di non poter giocare la loro partita come possono fare tutti gli altri.
È come fossero dentro a una bolla di vetro dalla quale vedono

benissimo tutto quello che succede fuori, ma non gli è permesso di comunicare con l'esterno.
Per tutta la vita...!
Ecco, provate a immaginare che sia successo a voi, e guardate la faccia di chi vi osserva con indifferenza, di chi vi nega un saluto o un sorriso, di chi corre dietro tutti i giorni a faccende fatte di nulla e non ha tempo per voi...
Impariamo da questi ragazzi cosa conta davvero nella vita.

Sono d'accordo, confermo tutto.
E capisco che papà non è ancora guarito, però ha imparato bene.

Sono il tuo opposto ogni viaggio che fai con me il tuo spirito diventa più grande
Cresciamo insieme.

E TU SEI CONTENTO DI GIRARE CON ME O VORRESTI FARE ALTRO?
Con Franco in Africa

Grande papà con bisogno di love!

PAPÀ È...
uomo sempre eterno, lui, mai si ferma.
Tu aiutami a essere bello come tu lo sei per me papà.

28

Mamma da cinema

NON capisco perché non hanno ancora girato un film su mia mamma Bianca.

Papà rende speciali tutti i posti del mondo, mamma è speciale in sé. È la parte morbida della realtà, perciò quella che non posso perdere. Anche se ne ho fatte, per farla disperare.

Fin dai miei lontani dieci anni, a mamma potevo dire tutto, ma a modo mio: con gesti, scatti, urli, abbracci squilibrati, reazioni incontrollate.

A parole? Poco. Certamente meno che con papà, che ci tiene tantissimo e mi dà una carica enorme per scrivere il più possibile.

Eppure, le cose dette a mamma anche con la scrittura hanno una forza tutta loro:

HAI MANGIATO LE PATATINE?
Sì ti voglio bene
Sono un figlio difficile li ho visti

CHI HAI VISTO?
Tutti voi con io
La difficile nostra famiglia

Tra tutti, la mamma è quella che si è sacrificata di più nello starmi vicino. Gli anni miei tra i quattro e i sei e quelli tra i quattordici e i sedici sono stati durissimi. Nessuno riusciva a tenermi, mamma mi accoglieva, mi portava dentro di sé, mi stringeva perché sapessi sempre che ero amato, che ero speciale, che c'era un posto per me nel mondo. E quel posto era lei.

E io sempre insistevo ad aspettarmi da lei ancora di più:

OGGI HAI URLATO TROPPO. SONO STANCA DI SENTIRTI URLARE... COSA C'È?

tu hai grande buona pazienza ma non fai gioia

«MA NON FAI GIOIA»...

triste e io ho colpa

TU NON HAI COLPA DI NIENTE. MA A VOLTE È DIFFICILE CAPIRE PERCHÉ URLI. VORREI CAPIRTI BENE. DIMMI...

mamma ti voglio bene fai tutte le volte un pace triste

«UN PACE TRISTE»...

piace quando ridi e ci porti giro.

MA ALLORA OGGI HAI URLATO TANTO PERCHÉ SONO TRISTE?

sì io metto tu su provo arrabbiarti tu vuoi me contento

Sto andando in confusione. Nella mente si affollano immagini. Ciascuna di esse contiene molto più di un pensiero. L'ansia cresce. È difficile dire più di quanto posso fare con un abbraccio. Sono proprio necessarie le parole?

MA TU QUANDO SEI CONTENTO?

no ordini io urlo

MA TI PIACE STARE CON I TUOI COMPAGNI?

sì

E GIOCARE CON ALBERTO?

sì fratello

E LE CUGINE ASIA E ANNA?

sì

E QUANDO SEI TRISTE?
se non capisco la gente che umilia me

RICORDATI CHE SEI SPECIALE. SONO A VOLTE IGNORANTI LE PERSONE

Mamma e la mia fatica di vivere:

COME VA, ROSPONE?
io vivo in mio mondo non ditemi nulla io tengo buone capisco ragioni graande ho stressato e basta

BASTA COSA?
basta vostre continue esigermi diverso ho bene io capito le belle

«LE BELLE»...
intendo buona volontà ma io vedo fatica di me capirmi grosso stoop vi porto nel cuore io faccio buono di routine ma urlo non voglio

Mamma e papà. Due punti di riferimento diversi, nel mondo in cui mi muovo a fatica.

Se tutte le persone intorno a me, anche senza accorgersene, continuano a rivolgermi ordini, papà è il comandante in capo. Mamma invece è l'infermiera, l'ora del rancio che profuma di pane, la posta da casa, la foto della fidanzata sorridente nell'armadietto. Il tramonto caldo e consolante sul campo di battaglia.

Quando vuole fare la dura anche lei, lo accetto di meno. Una volta Lisa cercava di farmi ragionare:

CIAO, CAMPIONE! HO VISTO CHE MAMMA VUOLE FARTI FARE DELLE SCELTE. A ME SEMBRA UNA BELLA COSA, TU COSA NE DICI?
Su fisici
dare
Dico tu rimediiiiiiiiiiiiiiiiiiiiiia
Aiuuuuuuuuuuuuuuuuuuuuuuuuuuuuto

FISICI...
duri ordini
Ho rifiuti fisici

LE SCELTE SERVONO PER ELIMINARE GLI ORDINI. SE TI COMPORTI COSÌ METTI TUTTI NELLA CONDIZIONE DI ARRABBIARSI, SENTIRSI DELUSI DA TE, PERDERE FIDUCIA E MOLTIPLICARE GLI ORDINI

Non curo ricatti

LI METTI IN PRATICA CON LE PERSONE CHE TI VOGLIONO BENE, PERÒ! TU RICATTI PER PRIMO E QUESTO MI DELUDE MOLTO PERCHÉ PENSAVO FOSSI UN BAMBINO GRANDE CHE SA CONTROLLARSI E MERITARE FIDUCIA

Dici cattiva cosa
sono offeso

E IO RIPETO CHE LA FIDUCIA SI CONQUISTA, CARO MIO, PER VIVERE CON GLI ALTRI BISOGNA ACCETTARE QUALCHE COMPROMESSO.
DECIDI SE VUOI ESSERE UN BAMBINO CONSIDERATO PER CIÒ CHE DICE E PENSA E PER CIÒ CHE FA!

fare buone cose è dura

Dunque non solo mamma da stringere e mamma da baciare in ogni momento. Ma anche mamma da ascoltare.

Del fatto poi di baciarla, Alberto se ne lamenta ancora, qualche volta.

TU CON LA MAMMA FAI ABBASTANZA CASINO

sto buono

BISOGNA VEDERE.
PERCHÉ CONTINUI A BACIARE LA MAMMA SULLA BOCCA E GLI METTI IL MENTO O IL BRACCIO IN BOCCA???

tanti baci a mamma bella. sulla guancia
sto bravo fratello sei forte

GRAZIE

Mamma da mettere in crisi:

COSA HAI FATTO ANCORA DI BELLO MENTRE IO ERO VIA PER QUALCHE GIORNO?

Grande furba marachella

DI CHE MARACHELLA PARLI?
Un tuo silenzio con papà

ANDREA, SPIEGAMI MEGLIO... «UN TUO SILENZIO CON PAPÀ»...
mie imprecisate numerose con lui sono buono ma buon furbo non dice butto in testa ogni parola che vedo

MA TU LE PAROLE LE VEDI O LE SENTI?
Vedo tutte le parole e in catalogo le inserisco

HO CAPITO. MA QUANDO DICI «UN TUO SILENZIO CON PAPÀ» TI RIFERISCI A QUALCOSA CHE HO DETTO IO O A QUALCOSA CHE HA DETTO PAPÀ?
Vostri rapporti di fiducia no buoni
Fai la mia dolce mamma ma grosso tunnel gran fatica a mio incompreso rapporto di figlio difficile

MA ANDREA, QUANDO DICI «VOSTRI RAPPORTI DI FIDUCIA NO BUONI» TI RIFERISCI AL RAPPORTO TRA ME E TUO PAPÀ?
Sì

PER QUALE MOTIVO LI VEDI DI NO FIDUCIA?
fai noiose domande

FAMMI CAPIRE... PERCHÉ?
I miei pensieri non importa

MA ANDREA, NOI TENTIAMO SEMPRE DI CAPIRE I TUOI PENSIERI, MA È UN PO' DIFFICILE PERCHÉ A VOLTE NON CI AIUTI. CERCO SEMPRE DI SCRIVERE CON TE PER CAPIRTI MEGLIO.
COSA MI DICI?
io no vi capisco di fuori buoni siete

MA TI DÀ FASTIDIO QUALCOSA O QUALCHE COMPORTAMENTO NOSTRO?
Sempre un duro apparente pensiero buono
Sono diversi i gusti veri con vostri buoni propositi

Era l'anno della separazione dei miei genitori. Non l'ho presa bene, soprattutto all'inizio. Ma quale figlio la prende bene? Il problema, per me, era che potevo pensare che a spingerli alla separazione fossi io, con tutta la fatica che gli facevo fare...

Poi però le cose sono andate bene. Mamma e papà lavorano insieme e collaborano sul serio nello starmi vicino. Io vivo con lui: decisione saggia, mettermi con quello più forte dei due. Mamma rischiava di non farcela più. Ma oggi abita comunque a Castelfranco, nella casa con giardino, con Alberto e il cane Filippo. A poche centinaia di metri da casa di papà.

Le mie sicurezze, per quanto riguarda loro, ci sono ancora tutte.

Con papà faccio viaggi di migliaia di chilometri in moto. Sto seduto dietro come si deve e lui non fa fatica a portarmi in giro. Invece un giro in macchina con la mamma è l'inizio della libertà. A modo mio, intendo.

Posso stare con il finestrino abbassato e la testa e un braccio fuori. L'aria mi investe e mi fa sentire vivo. Lei mi richiama, io obbedisco, poi comincio a schiacciare pulsanti e a regolare aria condizionata e radio e i quattro finestrini, tutto quanto.

Con mamma ad Asolo, per esempio, è una gita bellissima. Prendiamo un caffè e un gelato nella bella piazza, io saluto tutte le donne presenti con un «Ciao bella!» Il barista mi conosce e mi aiuta. Posso giocare con l'acqua della fontana, come un bambino spensierato. Saliamo alla Rocca e io corro davanti a lei senza perdermi. Da lassù lei ammira il panorama, io aspetto paziente, poi scendiamo e lei mi trova in piazza che ancora gioco con l'acqua della fontana e mi bagno la manica della giacca.

Grande mamma con bisogno di love!

Lei è il primo pezzo del mio futuro. Infatti, qualunque cosa starò facendo e qualunque cosa mi starà capitando, io sarò sempre con lei: sempre avrò nella mente e rivivrò il grande momento del suo caldo abbraccio, che è stato con me a due anni, a dieci, a quindici, a venti ed è diventato *l'abbraccio* che comprende ogni cosa.

È una ragazza a colori, grande e creativa. Una donna forte che ha imparato a ridere: sa farsi una risata di fronte a quello che comunemente potrebbe far arrabbiare, preoccupare, innervosire. A ciò che non è convenzionale. Mi ha sempre sostenuto nelle cose che mi rendono più libero: scrittura, sport, viaggi, pittura.

Se non ci avesse creduto lei, contro tutte le evidenze, fino in fondo, non avrei mai imparato a scrivere così tanto e così bene.

E non c'è bisogno di avere la sensibilità di un autistico per capire questa legge elementare dell'universo:

MAMMA È...
La mia mano consolatrice

29
Al cinema con la mamma

ANDARE al cinema con la mamma è uno dei piaceri della vita. Per me è stata una conquista, ma ne è valsa la pena.

Per un certo periodo entravo con lei nella sala e portavo con me tutte le mie stereotipie: non stavo fermo, parlavo, toccavo i vicini, rimettevo in ordine le loro gambe se le accavallavano l'una sull'altra, prendevo i loro pop corn, mi alzavo senza preavviso, me ne andavo e subito tornavo. Ero in preda a un'agitazione che conosco bene e che non riesco quasi mai a controllare, quando è forte davvero.

Mamma però ha insistito, ci ha creduto e non si è arresa. Oggi io e lei andiamo al cinema quasi tutti i fine settimana e vediamo pellicole di ogni genere, anche se io amo molto i film d'azione e quelli di fantascienza. Ormai sono un cinefilo: entro, mi siedo, sistemo appena il vicino. Poi resto tranquillo per tutto il tempo della proiezione, assorto e concentrato. Succede anche se mi guardo le tre ore di *Interstellar*. Non è detto che guardi sempre lo schermo, ma seguo tutto, con tutti i sensi attivati.

Grande mamma!

Qualche anno fa ho visto dei film insieme a papà durante il nostro viaggio negli Stati Uniti. Ma era ancora presto per interrogarmi nella mia veste di critico cinematografico.

ANDREA, VOLEVO SAPERE SE QUANDO GUARDAVAMO I FILM LI GUARDAVI ANCHE TU OPPURE NO...

No

E COSA FACEVI TUTTO IL TEMPO LÌ SEDUTO VICINO A ME??

Pensieri della giornata

E VISTO CHE NON ME NE HAI DETTO UNO, SI PUÒ SAPERE ADESSO UN TUO PENSIERO?

Andrea pensa alle avventure i visi delle persone incontrate

E COSA TI DICONO I VISI DELLE PERSONE?

Di ridere

DI RIDERE?

Di contento stare

E IL FILM NEANCHE LO VEDEVI ALLORA...

Film no

TI PIACCIONO I FILM?

Sì e no

QUALI FILM TI PIACCIONO?

Storie di fratelli storie di amore

VORREI CAPIRE SE TI VA CHE GUARDIAMO QUALCHE FILM INSIEME, QUANDO SIAMO A CASA O AL CINEMA...

Sì papà

MA SCUSA, ALLORA PERCHÉ NON LI GUARDAVI IN AMERICA?

Troppe emozioni

VUOI CHE ANDIAMO PIÙ PIANO CON TUTTE LE COSE CHE TI FACCIO FARE?

Piano andiamo
Andrea fa fatica a fare troppe cose
Con calma
Grazie

Papà non sapeva che bastava introdurmi al cinema con calma, come ha fatto la mamma. Quando ho cominciato a intuire la possibilità di unire le riprese mentali della vita e dei miei incontri con quanto vedo sullo schermo e ascolto nell'ambiente buio che mi circonda, la cosa ha iniziato a interessarmi.

A modo mio, ovviamente.

Aprile 2014:

PAPÀ CHIEDE SE TI PIACE DAVVERO ANDARE AL CINEMA.

Utile per me

UTILE? PROVA A SPIEGARCI

Sto bene

VUOI DIRE CHE ANDARE AL CINEMA TI FA STAR BENE?

Io direi di sì

OK. COSA TI PIACE DEL CINEMA?

Stare solo con gli altri

DIFFICILE SEGUIRTI

Uomo che sta bene

ANDREA, VUOI DIRE CHE IL CINEMA PERMETTE DI STARE SOLI PUR STANDO IN COMPAGNIA DEGLI ALTRI?

Tutto giusto

Voglio dire prima di tutto che al cinema tutti siamo lì per vedere la stessa cosa. Quindi è un posto dove gli altri non guardano me, per le mie stranezze o per altro che mi riguarda. Ecco perché pian piano ho smesso di disturbare.

Nello stesso tempo sento che il film ci coinvolge tutti. Percepisco le emozioni delle persone intorno a me e mi posso sintonizzare con loro. È bello: non ci guardiamo e non ci parliamo, ma ci sentiamo uniti dalla stessa esperienza.

Infine, per me il mondo è tutta una serie di immagini che conservo nella testa: migliaia di immagini e di azioni, che conservo nella memoria a colori. L'autismo è anche questo. Anzi, forse è prima di tutto questo: un mondo di immagini coloratissime e cariche di emozioni che ci attira al centro di noi stessi con forza irresistibile. Immagini che appena possibile proiettiamo sul mondo che voi definite «reale» e che noi autistici cerchiamo di colorare, di investire della stessa ricchezza che ci preme dentro.

Come per tutte le esperienze forti della vita, penso sempre che del cinema non ci sia nessun bisogno di parlare: io ho visto e sentito, anche dentro. Tutti gli altri non possono non aver visto e *sentito* anche loro. Basta conservare nella memoria anche solo un'immagine sorprendente e il film ha valore. Punto.

Mamma però mi stimola a esprimermi:

COSA PENSI, ANDRE, DEL FILM CHE ABBIAMO VISTO INSIEME SULLA STORIA DI TEMPLE GRANDIN, LA RAGAZZA AUTISTICA CHE È DIVENTATA FAMOSA E HA RACCONTATO DELLA SUA ESPERIENZA?
Ragazza autistica parlante che vede il mondo come Andrea

E COME LO VEDETE IL MONDO?
Tanti film nella memoria ho e vedo i pensieri a colori
Io ho bisogno di ordine e metto in ordine vostro caos

MA TI RICONOSCI NELLA PROTAGONISTA DEL FILM?
Io uomo che vede come protagonista

TI RICORDI CHE PER CALMARSI HA COSTRUITO UNA MACCHINA DEGLI ABBRACCI? COSA NE PENSI?
Abbracci umani vuole Andrea
Certo, gli abbracci umani sono migliori

ADESSO DAI UN MESSAGGIO PER CHI VUOI...
Devo sopportare umani despoti nervosi con bisogno di love

SCRIVI UNA FRASE DA METTERE SU FACEBOOK
Io artista riesco a entrare nei cuori di persone con bisogni di love

Temple Grandin è celebre per i suoi progetti di allevamenti fatti davvero su misura per gli animali. Li crea così bene perché riesce a immedesimarsi in quello che gli animali vedono e in quello che di conseguenza *provano*. Degli uomini, invece, ha un po' paura; oppure, se può, cioè se riesce a isolarsi dagli stimoli che vengono da loro, indifferenza.

Qui c'è davvero una cosa che riguarda noi autistici.

La nostra genialità è vedere e sentire dentro. Molto sentire. Anche troppo. Perciò per noi autistici l'intelligenza degli altri, che è la più importante tra le diverse forme di intelligenza, non si manifesta in pensieri, ma in percezioni, che spesso ci mandano in confusione e dalle quali quindi ci difendiamo.

E qui però arrivo io, con la mia originalità, perché, a differenza di Temple Grandin, per me il comprendere l'altro non può essere mai separato dal *desiderarlo*.

Al cinema spesso si parla di questo. Anzi, forse non c'è nessun film che davvero funzioni senza questo. Tutta l'arte funziona così. Lo so da pittore, lo so da scrittore. Lo so soprattutto da abbracciatore.

(*To Rome with Love*, di Woody Allen):

CIAO, ANDREA, TI È PIACIUTO IL FILM IERI SERA?

Film bello storie di uomini e donne che vivono esperienze di vita

QUALE PERSONAGGIO TI È PIACIUTO DI PIÙ?

Cantante sotto la doccia divertito

TI HA DIVERTITO TANTO PERCHÉ...

Cantava nudo tutto bagnato

È VERO, ANDREA.
E L'ATTRICE PIÙ BELLA PER TE CHE RUOLO FACEVA?

Seduttrice con vestito rosso

HAI BUONI GUSTI...

E UN ALTRO PERSONAGGIO SU CUI VUOI DIRE QUALCOSA?

Papà di ragazza americana artista incompreso

È VERO, LO CRITICAVANO, PERÒ È RIUSCITO A FAR CANTARE DAVANTI AL PUBBLICO IL BECCHINO

Uomo coraggioso con idea di sicuro successo

TI RICORDI IN CHE CITTÀ D'ITALIA ERA AMBIENTATO IL FILM?
Roma

(*Sex tape – Finiti in rete*):

CIAO, ANDREA, COME STAI OGGI?
Bene

TI È PIACIUTO IL FILM IERI SERA?
Bella ragazza bionda mi piace

TI RIFERISCI A CAMERON DIAZ, L'ATTRICE PROTAGONISTA?
Sì, tutta nuda mi piace

(*Party Girl*):

IERI SERA ABBIAMO VISTO IL FILM *PARTY GIRL*
COSA NE PENSI DELLA PROTAGONISTA?
Signora bella che sogna e vive come una ragazza
Una anziana bambina che non può cambiare vita
Crede nell'amore, i suoi figli la accettano e la amano

MA HAI CAPITO CHE LAVORO FACEVA QUESTA SIGNORA CHE SI CHIAMAVA ANGELIQUE?
Lavora nel night club

TI HA COLPITO QUALCHE PARTICOLARE DI QUESTA SIGNORA?
Fuma sigarette

È VERO, FUMAVA IN CONTINUAZIONE
ANCHE SE NON È STATA UNA MAMMA MOLTO PRESENTE CON I SUOI FIGLI, LORO LA AMANO MOLTO. PERCHÉ?
È buona e li ama

(*Tutto può cambiare*):

ABBIAMO VISTO IL FILM *TUTTO PUÒ CAMBIARE*.
TI È PIACIUTO?
Sì

SECONDO TE QUAL ERA IL TEMA PRINCIPALE DEL FILM?

La musica ragione di vita
dei protagonisti

CHI SONO I PROTAGONISTI?

Persone in crisi che
attraverso
la musica
risolvono
i loro problemi

MA TI PIACEVANO LE CANZONI CHE CANTAVANO I PROTAGONISTI?

Parole belle
di emozioni vere

Poi ci sono i film di fantascienza, sempre interessanti. A volte ci sono bar affollati anche lì, dove entrano uomini ed extraterrestri insieme. Tipo *Star Wars: Episodio I*, per esempio.

La fantascienza è dove potrei essere protagonista anch'io, l'essere che viene da un altro pianeta:

CIAO, ANDREA, TI È PIACIUTO IL FILM *INTERSTELLAR*?

Rimasto affascinato e muto a guardare

HAI CAPITO BENE LA TRAMA?

In futuro si cercheranno altri pianeti non inquinati per
trasferirci evitando di estinguere razza umana

COSA NE PENSI DEL PROTAGONISTA COOPER, PARTITO NELLO SPAZIO ALLA RICERCA DEI SUOI COMPAGNI SPEDITI ANNI PRIMA IN ALTRE MISSIONI ALLA RICERCA DI PIANETI ABITABILI?

Cooper eroe è un astronauta costretto a coltivare la terra.
Ha l'occasione di salvare il mondo e non esita a partire
nello spazio anche se il ritorno è incerto.

COSA APPREZZI DI LUI?

Il coraggio in una impresa impossibile che ha reso possibile

SECONDO TE ESISTONO ALTRI PIANETI ABITATI SIMILI AL NOSTRO?
dico sì

E DELLA FIGLIA DI COOPER COSA MI DICI?
Sensitiva capisce i messaggi dal futuro

E CHI GLIELI MANDA?
Suo papà

COSA TI È PIACIUTO IN PARTICOLARE NEL FILM?
viaggi su altre dimensioni spazio tempo

TI FA VENIRE IN MENTE L'AUTISMO? TU UNA VOLTA HAI SCRITTO: «MONDO PARALLELO È AUTISMO IMPARO DA TERRESTRI»...
Sì

Verso il futuro: passaggio a nord-ovest

30

Le regole della casa di Cristy e la pazienza di Dani

CHI SONO GLI UMANI DESPOTI?

Papà despota buono

E GLI ALTRI CHI SONO?

Mamma dea despota

INSOMMA, BUONI E DEI SIAMO TUTTI DESPOTI...

Dani vuole fare despota

Tutti noi autistici siamo extraterrestri circondati da umani che continuano a rivolgerci ordini. Papà e mamma sono i miei due comandanti numero uno. Tra loro sono diversi, ma insieme fanno una bella squadra che lavora per un obiettivo importante: la mia autonomia.

Loro hanno scovato e mi hanno affiancato chi mi aiuta e mi ha aiutato fin qui: Chiara, la psicologa che mi assiste nella scrittura facilitata; Emanuele e Marcello, che mi addestrano ogni giorno nel programma ABA; Laura, l'operatrice che mi affianca nell'arteterapia.

Ma la via della mia vita futura non può essere solo il mio addestramento a badare a me stesso e a stare tra gli uomini con il minor numero di errori possibile.

La via del mio futuro passa per le persone.

Altre persone.

* * *

Cristy e Ileana sono marito e moglie e sono parte della nostra casa: lui lavora con papà, lei da molti anni aiuta la mamma in casa e per me è come una seconda mamma.

Una seconda mamma, non *la* mamma. Così come Cristy mi è vicino come fosse un secondo papà, ma non è papà.

Dani, infine, è una bella signora, piena di energia positiva, amica della mamma da sempre. Dani l'ha aiutata tanto, in questi anni, tenendomi con sé quando poteva. Anche lei mi vuole bene come fossi parte di lei, ma non è la mamma.

In questo essere e non essere di queste persone c'è un po' del mio futuro. Una volta ho scritto:

Mi sento adulto senza scarpe

SENZA SCARPE?
Senza futuro

Con loro, invece, intravedo una rotta, ancora tutta da scoprire, verso un mare aperto e misterioso. Una lunga via di affetti fuori dall'isola di casa.

Una volta Cristy parlava in mia presenza con un amico e gli diceva tutto fiero: «A casa mia Andrea non è autistico!»

La sua casa è quella dove mangio spesso, a mezzogiorno, mentre mamma e papà sono al lavoro.

A casa di Cristy ci sono delle regole molto rigide che devo rispettare. Lui sa come prendermi. Ha una fermezza che non ammette discussioni. Conosce i miei limiti e li accetta fino a un certo punto. Mi sprona e mi vuole in un certo modo, per stare con lui.

Così a darmi ordini non è solo papà: anche Cristy fa la sua parte. Ma sono ordini che mi arrivano da un altro cuore. Il cuore di uno che mi vuole bene ma che non ha paura di perdermi.

* * *

Un giorno papà mi chiede di Cristy.

MI DAI UN FEEDBACK VELOCE SU COME STA ANDANDO CON CRISTY?
Rompo sue cose

SPIEGAMI...
palle

A SCUOLA E ANCHE A CASA FAREMO UN LAVORO SULLE AUTONOMIE PERSONALI... PER ESEMPIO CUCINARE E FARE LA SPESA... CHE NE PENSI?
Bene

ORA DUE PAROLE SU CRISTY...
Persona splendida

Cristy mi proibisce di toccare e spostare le cose, a casa sua. Mi tratta come un adulto e vigila che io mi impegni al massimo. Esce spesso a correre con me e conosce il mio passo. Sa che parto senza misurare le mie forze e che non so regolare il respiro. Sa che dopo un centinaio di metri mi fermo sempre col fiato mozzo. Allora quando andiamo a correre insieme mi dà un certo vantaggio; poi mi recupera, calmo, quando io mi fermo per riprendermi, e ripartiamo insieme. Io ho più energie di lui, e quando finiamo il giro potrei ricominciare daccapo. Ma lui sa come gestire la forza, cioè conosce una delle abilità che proprio non possiedo.

Anche Ileana conosce i miei ritmi e mi affianca bene, quando necessario. Mi fa da mangiare cose buone e ho imparato a ringraziarla con gentilezza ogni volta. «È il primo a dire grazie!» ripete sempre con gioia. Con lei vado al mercato, facciamo la spesa, compriamo quel che serve e quel che mi piace.

Ileana ha aiutato la mamma quando avevo le crisi peggiori, da adolescente, quando ero già grande e forte e rischiavo di far male. Lei era lì. Lei è ancora qui, oggi, e mi sostiene con una mano che è insieme materna, ironica e ferma. Mi fido di lei e la ascolto, non voglio perdere la sua amicizia.

* * *

A confronto con Cristy e Ileana, Dani è un terremoto. Non le manda a dire a nessuno.

Dani l'abbraccio e la bacio, eppure mi ha insegnato la giusta distanza che non è paura, ma rispetto.

Con Dani, suo marito Tiziano e i loro due bambini, Francesca e Gilberto, abbiamo scoperto le terme di Saturnia, che poi sono sempre piaciute tanto a papà, molti anni fa. Con loro c'eravamo io, la mamma e Alberto. Alberto aveva un mese! Giravamo in camper tutti insieme: una vera banda. E le vasche in cui immergerci nudi le siamo andati a cercare chissà dove, solo noi.

Sono momenti di libertà e di semplicità che non si dimenticano.

Con Dani quattro anni fa abbiamo fatto una vacanza di un'intera settimana al mare, solo noi due. Ci siamo divertiti da matti: mi lasciava dormire quanto volevo, passavamo le ore ad ascoltare musica a tutto volume, cucinavamo insieme, uscivamo in bicicletta verso la gelateria, una, due volte al giorno. Stavamo in spiaggia e io non la perdevo di vista.

Dani per me è un modello. È un'adulta che sa ancora divertirsi come una ragazzina, ma nello stesso tempo non perde il controllo. Anzi, *controllo* per lei è una parola d'ordine. Per questo con me può anche lasciarsi andare e, entro una certa misura, darmi fiducia, respiro.

Una volta eravamo in casa di mamma. Io ero una furia, andavo su e giù, volevo buttare all'aria ogni cosa. Ero assalito da mille stimoli, immagini, rumori, ricordi, tutto insieme. Cercavo di trovare pace sfogandomi contro tutto ciò che mi circondava.

A un certo punto avevo in mano una bottiglia di acetone e stavo per rovesciarla sul divano nuovo comprato da mamma da poco. Lei era di là, a riparare a qualche disastro che ero già riuscito a fare senza obbedirle, contando come al solito sulla sua pazienza, sulla sua tolleranza.

Dani non l'ha accettato: mi ha strappato la bottiglia di mano e mi ha dato una sberla.
«Sei autistico, non sei scemo!»
Un messaggio forte e chiaro.

Dani pensa che io abbia un carattere solare, allegro, aperto e ottimista. Ha capito che io amo fare scherzi.
Dani prova a leggere dentro di me.
Anche Ileana pensa che io abbia un carattere allegro, affettuoso e gentile.
Cristy pensa che io possa dare di più.
Nessuno di loro smette di darmi ordini. Tutti e tre, però, allargano i miei orizzonti.
Con loro faccio sicuramente un pezzo di strada verso il futuro, che per me è fatto, se c'è, di persone buone che imparano a vivere con me come io mi sforzo di imparare a vivere con loro.

31
Essere Andrea Antonello

CIAO, ANDREA. *SE TI ABBRACCIO NON AVER PAURA*, IL NOSTRO LIBRO, STA PER ESSERE TRADOTTO ANCHE IN CINESE, DODICESIMA LINGUA. C'È TANTA GENTE CHE TI SCRIVE E CHE VUOLE CONOSCERTI. LA NOSTRA STORIA STA FACENDO CONOSCERE L'AUTISMO A TUTTI...

Io sono autistico famoso
Autismo è diventato popolare
Non fa paura
Abbiamo meriti noi
Mondo conosce Andrea

CHE NE PENSI, ANDIAMO AVANTI...
Andiamo

Dopo che abbiamo pubblicato due libri su di me e sulla nostra storia, dopo che ci hanno dedicato copertine di riviste e dopo che siamo comparsi in televisione più di una volta, io sono diventato una celebrità.

In questo c'è qualche vantaggio. Il primo è che la gente mi riconosce: «Ma tu sei quello della televisione!»

Adesso se tocco uno sconosciuto, se lo saluto col mio sonoro «Ciao bello!» se gli passo davanti in coda al supermercato urtandolo con il mio carrello, se afferro il suo bicchiere al bar, è più facile che sappia come comportarsi. «Sei Andrea!» e improvvisamente anche la mia stranezza più strana gli sembra accettabile. Quindi penso che se anche attraverso di me l'autismo diventa «celebre» ci sarà più gente che saprà come reagire all'incontro con una persona come me. Una *qualsiasi* persona come me.

Grazie alla mia celebrità, tramite Facebook e il sito della fondazione, o tramite la televisione, mando messaggi al mondo. Nessuno di questi messaggi passa inosservato: tutti coloro che li ascoltano rimangono colpiti, come se scoprissero proprio in quel momento che nel profondo del loro cuore erano in attesa di una parola che li sorprendesse.

Parlo agli altri ragazzi autistici e ai loro parenti. Ma tutti i «normali» capiscono che il discorso riguarda anche loro:

CIAO, ANDREA

Ciao a tutti

ANDREA, PUOI DIRE QUALCOSA PER TUTTI QUEI GENITORI CHE HANNO UN RAGAZZO CON AUTISMO CHE NON RIESCE A COMUNICARE? CI SONO GENITORI CHE NON HANNO MAI AVUTO UN PENSIERO DAL LORO FIGLIO...

Ciao genitori belli di tutti, sono graditi visi sorridenti.

Parlo al mondo, a tutte le belle persone che mi circondano da qui all'infinito:

CIAO, ANDRE, VUOI AGGIUNGERE UNA FRASE PER LA TRASMISSIONE DI DOMENICA...

Ospite d'onore sarò in questa trasmissione di giovani uomini, loro attenzione per autismo ci sarà perché chi ama lo sport è aperto al diverso lontano dai pregiudizi.
Mi sono fatto gol volando con i miei pensieri.

«MI SONO FATTO GOL VOLANDO CON I MIEI PENSIERI»...

Non in negativo, ho vinto con i miei pensieri si parla di autismo, sono felice.

CIAO, ANDREA, DOMANI PAPÀ SARÀ ALLA TRASMISSIONE *LE INVASIONI BARBARICHE*. È RICHIESTA LA TUA PRESENZA...
Lo so

CI VUOI ANDARE?
Yes

L'OBIETTIVO DELLA TUA PRESENZA È...
Un aquilone che vola forte e visibile se manca l'aria cade.

SPIEGACI QUESTA TUA FRASE...
Sono io e la mia storia di ragazzo autistico sicuro che senza l'aiuto di tutti non vive.

MOLTO BENE, DIREI DI LEGGERE QUESTO SCRITTO, ALLORA. QUALCOSA DA AGGIUNGERE?
Resistiamo se esistiamo, parlate di noi, grazie.
Fammi vedere anche nella mie difficoltà papà, io sono contento così, Andrea autistico è Andrea bello.

È UNA RICHIESTA CHE FAI A PAPÀ...
Facile non far vedere in trasmissione solo Andrea bravo, devono vedermi nel mio problema.

Stare in televisione per me è stata una fatica, ma era utile e l'ho fatto volentieri. Non so se mi capiterà di nuovo. Quel giorno, comunque, cercherò di fare bene. Anche in questo campo ho imparato qualcosa, come scrivevo un giorno a Chiara:

CIAO, ANDREA, È STATO BELLO VEDERTI DOMENICA! SEMPRE MOLTO COMMOVENTE...
Devo dirti che muoio quando mi parlano.

VUOI DIRE QUANDO TI CHIEDONO QUALCOSA?
Esatto

COME MAI?
Non so rispondere

HO NOTATO CHE HAI DATO RISPOSTE PERTINENTI...
buone per il pubblico

Anche il pubblico è una persona. Se faccio attenzione, capisco dove ha il cuore, come tutte le persone. E il pubblico ha un suo modo di chiedermi aiuto.

Grande pubblico con bisogno di love!

32

«Per aspera ad artem»

DIPINGO da quando avevo dodici anni. È un'esperienza meravigliosa. È la prova che possiamo esprimerci anche senza usare le parole. I colori sono energia, materia, luce di diversa intensità che si fa solida sulla punta delle mie dita e sulla punta del mio pennello. Il foglio o la tela, bianchi, si trasformano sotto i miei occhi e diventano vivi. Le immagini che ho nella mente e quelle che vedo intorno a me rinascono più ricche: preziose perché sono io a dargli vita:

Disegno i miei pensieri
Il mio mondo è un arcobaleno di colori
I colori sono i miei umori e le parole che non riesco a dire.

Laura mi accompagna in questa scoperta, con la sua pazienza e la sua passione per il bello.

«Quanto nero, oggi! Vuoi riempire tutto?»

Ho afferrato il tubetto con il colore che voglio, ne ho messo una gran quantità sul piattino di plastica e ora lo stendo sul foglio con pennellate decise, larghe, regolari. Voglio un foglio tutto nero, completamente trasformato. Poi farà da sfondo all'immagine che decideremo insieme. A volte copio da una fotografia: un paesaggio, un bambino che sorride e saluta, un uomo in preghiera, una ragazza che porge un fiore.

Laura mi ha aiutato a fare un percorso: conosce l'arte e me la regala, poi io l'adatto ai miei sentimenti. In questi anni siamo passati dal monocolore al bicolore e all'arcobaleno, dalle composizioni astratte alle figure. Le ho chiesto di farmi conoscere Munch e Van Gogh, i miei preferiti. Mi ha raccontato di loro, mi ha fatto conoscere i loro dipinti e li ho copiati e imitati. È fantastico che ci siano umani con tanto colore dentro!

Parliamo di miei interessi

PERFETTO, A TE LA PAROLA...
Pittura

COSA CI DICI A PROPOSITO DELLA PITTURA?
Io desidero informarmi di più

FACCI DEGLI ESEMPI...
Mostre lieto momento per me
Poco so di arte mi piacerebbe saperne

INTENDI STORIA DELL'ARTE?
Laura
sì molto desidero entrare in questo mondo

LO DIREMO A LAURA. E A QUALI MOSTRE TI PIACEREBBE ANDARE?
Paura di non controllarmi

SPIEGAMI...
Rompo quadri

PENSI CHE SIA UN PROBLEMA?
Noi insieme ce la facciamo
Andare mostre

I quadri sono una visione così bella e un'emozione così intensa che forse vorrei entrarci dentro, come faccio con le persone.

Come in ogni altro contatto con la realtà che mi circonda, anche in questo campo per me la conquista essenziale è il controllo. Nell'osservare, e anche nel dipingere.

Laura mi aiuta a non uscire dai margini delle figure e a non limitarmi al colorare come gesto ripetitivo che mi permette di sfogarmi, di calmarmi, di chiudermi nel mio mondo scaricando sulla mano che stringe il pennello le mie tensioni del momento. Per me non è facile evitare la tentazione di usare il dipingere come una stereotipia, un gesto senza ordine.

Dipingere è lottare per raggiungere un risultato, non solo scaricare i miei nervi.

Poi è bello riflettere con calma su quanto ho creato:

Muoio se non ho l'arte

OK. COME INTITOLERESTI IL DISEGNO LIBERO CHE HAI FATTO?
Eleganza nascosta

LA TUA VOLONTÀ ERA DI RAPPRESENTARE QUALCOSA DI CONCRETO O DI ASTRATTO?
Astratto. Resto sull'astratto se vado in libera.

UNA SENSAZIONE? UNO STATO D'ANIMO?
Un concetto

COME SCEGLI I COLORI E COME SCEGLI IL MODO DI USARLI?
Sento le mie opere prima di produrle

ORA OSSERVO IL DISEGNO STRUTTURATO CHE RAPPRESENTA LA BARCA GIALLA IN MEZZO AL MARE. L'HAI COPIATO DA UNA FOTO CHE ABBIAMO FATTO AL MARE... COSA NE PENSI?
Ho bisogno di voi

SPIEGA BENE
Voglio imparare a definire il mio gesto e voi mi state aiutando.
Ora si voglio imparare a controllare il gesto per poi produrre disegni non su imitazione
Mi sento artista quando eseguo disegni liberi ma questo modo mi consente di imparare la precisione del gesto

HAI DEI SUGGERIMENTI SUL MODO IN CUI INTERVENIAMO MENTRE CREI LE TUE OPERE?

Bene perché lo fate con rispetto

SUGGERIMENTI...
Ho bisogno di entrare nella foto

PER ENTRARE INTENDI...
Soffermarmi di più
Io le vivo le foto ritorno a quanto ho vissuto voglio dire che non mi fermo a dipingere la foto

In qualche occasione abbiamo esposto alcuni miei dipinti. Per me è una soddisfazione grande, anche se capisco che devo fare ancora molta strada:

ANDREA, DOMANI SAREMO A UNA BELLA SERATA IN CUI PRESENTEREMO IL NOSTRO LIBRO. VOGLIAMO ESPORRE ALCUNI TUOI QUADRI CHE HAI FATTO DEL VIAGGIO. SAREBBE BELLO ACCOMPAGNARLI CON UNA TUA FRASE PER CHI OSSERVA.
Papà, ho visto paesaggi da sogno
Ho guardato foto sognando paesaggi
Ho messo i colori del sogno sul foglio
Colori di emozioni e ricordi

Due anni fa ho conosciuto Bianca, una ragazza autistica che mi ha regalato dei disegni. Li ho portati con me, li ho osservati bene, poi le ho scritto:

Ciao Bianca bella
Disegni bene
Molto brava
Grazie
Andrea ti regala quadro di artista
Di Andrea Antonello
Siamo artisti
Coloriamo i fogli bianchi di ogni pensiero
I colori dei pensieri sul foglio
Sono tanti oggi azzurro
Ciao

Il domani per me è un mistero. Una rotta nuova da scoprire per primo. Ne so ancora poco: intuizioni, porte che si aprono, emozioni, persone diverse da mamma e papà che fanno qualche passo insieme a me, come Cristy, Ileana e Dani. E con loro, e con altre persone ancora, la mia via è da creare mentre avanzo senza fermarmi.

Il mio destino è un mistero.

Ma l'arte ci sarà:

Arte mio futuro
L'arte è la mia vita e sono diverso ogni volta che esco dallo studio più grande e più completo

33

Le ragazze vengono da Venere

NELL'UNIVERSO c'è un mistero più profondo dell'autismo. Sono le ragazze.

Ancora un bambino di nove anni, già mi ponevo il complicato problema di comunicare con loro.

Ne discutevo con la mamma:

TI PIACE LA GIULIA?

Bella bionda nervoso e piace te

VUOI DIRE CHE ERI NERVOSO PERCHÉ TI PIACEVA E AVRESTI VOLUTO COMPORTARTI DIVERSAMENTE?

Umiliato io non controllo parlo

Tre anni dopo, pochi progressi, ma tanta passione!

TI SEI ABITUATO A STARE QUI AL MARE?

Piace sì

E SEI CONTENTO CHE È ARRIVATA LA BEBA?

Tocco morbido di suo corpo piace Andrea

SÌ, MA NON ESAGERARE PERCHÉ SENTIRSI STRINGERE IN CONTINUAZIONE PUÒ DARE FASTIDIO, CAPITO? CONTROLLA QUESTO ATTEGGIAMENTO

A quattordici anni sono ancora lì che ci penso. Ho quattordici anni. Da un paio di mesi sono in classe alle superiori con quasi tutte compagne femmine.

Prove di orientamento:

OGGI VOLEVO PARLARE CON TE DELLA SCUOLA...

Io sto bene con mie donne

INTENDI DIRE CON LE TUE COMPAGNE?

Sì

DIREI CHE SEI FORTUNATO, HAI UNA SCHIERA DI DONZELLE A TUA DISPOSIZIONE...

Difficile stare normale

COSA INTENDI CON «STARE NORMALE»?

Dico che sono troppe e perdo la testa

SCHERZI A PARTE, CI SONO PROBLEMI CON LORO?

No

In quegli stessi mesi, un'amica presente con me fin dalla scuola elementare mi fa sentire speciale. La sua amicizia è sincera e per me preziosissima. Non ha paura a stare con me. Anzi, le sembra normale. Impossibile non parlarne con papà:

CI DICI INTANTO COME STAI?

No

C'È QUALCOSA CHE NON VA?

Cuore

PROVA A DIRCI DI PIÙ AFFINCHÉ POSSIAMO CAPIRE...

Io sono innamorato

CI FA PIACERE, ANDREA... LASCIO A TE LA PAROLA SE DESIDERI PARLARNE...

Ho nel cuore bimba mora e coraggiosa

PAPÀ È CURIOSO DI SAPERE CHI È... LIBERO DI DECIDERE SE DIRCELO O MENO...
Non lo avete capito

CHE COSA DOVEVAMO CAPIRE?
Tutti voi la conoscete bomba sexy

ORA CI TIENI TROPPO SULLE SPINE...
Damaris

LA CARINISSIMA DAMARIS! CHE MERAVIGLIA... DESIDERI SIA INFORMATA DI QUESTO SCRITTO?
Lo sa già

È GIÀ STATA INFORMATA?
Le voglio bene

Cosa potevamo condividere io e Damaris?

Le mie parole sono poche, i miei gesti ripetitivi si complicavano ancora di più in sua presenza. Però lei sapeva come stare tranquilla. Era una forza bellissima. Con lei potevo scoprire il mondo, da soli, senza gli adulti, facendo le cose più normali, che per me sono sempre una conquista:

ORA IL TUO MAGICO DITO MI SCRIVE DOVE SEI STATO CON DAMARIS LA SCORSA SETTIMANA...
Prima ho notato figurino di bellissima donna perfetta

È PROPRIO UNA BELLA RAGAZZA... L'HO INCONTRATA LA SCORSA SETTIMANA AL LICEO DELLE SCIENZE SOCIALI E MI HA CHIESTO DI TE... ANCORA NON HAI RISPOSTO ALLA MIA DOMANDA... DOVE SIETE STATI VENERDÌ?
Un buon gelato in un posto nuovo

Nel frattempo le mie compagne di classe sono proprio brave. Con loro comincio a pensare che forse sì, le ragazze vengono da un altro pianeta e fanno la loro fatica ad adattarsi a questo mondo. Però poi sono più brave ad aiutare un extraterrestre come me a orientarsi.

Un giorno, in seconda superiore, voglio ringraziarle tutte e scrivo:

Bisogni ho di essere visto e non so come chiedere
Ho bisogno di parlare e dirvi miei pensieri
Goloso sono di dirvi tante cose

TIPO?
Grazie per trattarmi come Andrea

COME ANDREA?
Come veramente sono e non come dimostro

DIMOSTRO?
Mi comporto

E Damaris? Lei continuava ad arricchire il mio mondo. Continuava a rendermi interessante il pianeta umano. Di più, mi faceva sentire come se davvero ne facessi parte, come se ci fosse un posto per me, là fuori.

A quindici anni papà invita Damaris a venire con noi in vacanza in Brasile. Lei accetta con gioia e io commento la novità:

Io felice
Tenera Damaris io voglio sapere cosa ti spinge a starmi vicino

GLIELO CHIEDEREMO QUANDO SARÀ CON NOI IN BRASILE. IO COMUNQUE CREDO CHE MOLTE PERSONE COME LEI HANNO PIACERE A STARTI VICINO PERCHÉ SEI UNA PERSONA SPECIALE, SICURAMENTE DIVERSA DA TANTI, E QUESTO CREA CURIOSITÀ E VOGLIA DI CONOSCERTI MEGLIO...
Non bisogna stare a vedere fuori

COSA VUOI DIRE?
Mia apparenza inganna
Lei non sa quanto mi fa piacere averla in Brasile. Tutti abbiamo amici cari io ho lei
Io vivo con paura del rifiuto degli altri

Differente mi sento in questi anni
Mi sento cambiato in meglio

COSA VUOI FARE IN BRASILE CON DAMARIS?
Passeggiare piace con Damaris vedo il mare di onde
Gesti rispettosi ha Damaris con me

Al ritorno in Italia ho una cosa bella da scriverle:

Ho visto dentro tua anima pulita ragazza che ha sofferto e per questo sa amare

... e cento cose belle che non riuscirò mai a dire.

34

E quindi come facciamo?

Il dialogo con le mie compagne di classe è una delle più belle esperienze del mio liceo:

CRISTINA DESIDERA SAPERE COME VEDI LEI E LE RAGAZZE DEL GRUPPO...
Vedo giovani teste pronte per iniziare questa scoperta di chi è Andrea

UN SALUTO A CRISTINA
Graziosa maestrina io ti trovo forte e decisa con me

CHINNU DOMANDA: COME VUOI LE TUE COMPAGNE DI CLASSE?
Spontanee, ribelli con testa libera e idee grandi

BLERINA: COME TI SEI SENTITO IN QUESTI TRE GIORNI CHE SIAMO STATI INSIEME IN GITA?
Grazie Blerina per le tue lacrime e l'amicizia vera che mi dai io ti regalo il mio cuore

MICHAELA... A TE LA PAROLA
Per tuo silenzio pieno di domande io rispondo con una carezza

Le ragazze mi piacciono. È bello osservarle attentamente, intuire ciò che sognano.

Sono speciali quando lasciano che mi avvicini e le ascolti, le osservi, senta cosa le anima dentro:

Tom nuota con Andrea
Sabrina preferisce il sole
Abbronza contenta di pensare love

Cristy ogni tanto ripete che nella mia adolescenza io avrei dovuto avere più amici maschi, con i quali mi farebbe bene un po' di competizione. «Sarebbe uno stimolo, per lui», dice, «le ragazze lo coccolano troppo!» Forse un po' ha ragione. Come al solito mi aiuta a guardare al mondo fuori della cerchia che mi rassicura. Però dovrebbe considerare che attraverso le ragazze io sto cercando la mia rotta nel mondo, il passaggio a nord-ovest che solo io posso percorrere.

E si tratta di una ricerca con alti e bassi:

MI SPIEGHI PERCHÉ IERI SERA CHE SIAMO USCITI HAI TOCCATO TUTTE LE RAGAZZE IN QUEL MODO...
Fidanzate tocco

ANDREA, ERANO RAGAZZE CHE NON CONOSCEVI...
Dire non tocco è difficile

MA TI RENDI CONTO CHE NON VA BENE COSÌ???
Sì, Andrea non riesce

PERÒ SE CONTINUI A TOCCARE TANTO COSÌ, NON USCIAMO PIÙ... VEDI TE
Non tocco

E in tutto questo, quando ormai ho diciotto anni e vediamo le coppie a spasso in piazza Giorgione, papà si interroga su come potrei trovare una fidanzata. Capisco i suoi pensieri, capisco come lui guarda alle donne. Lui e tutti i maschi che conosco. Ma dal mio universo il cammino da percorrere verso le donne non è semplice, come molti di loro sembrano credere che sia. Papà, per esempio:

QUANDO SEI STATO CON DELLE RAGAZZE NON TI LASCIAVI TOCCARE... MI SPIEGHI?
Provo agitazione sono teso

morose lontane tengo perché dopo non so come reagisco al loro corpo che mi tocca
Universo complesso sono io

VUOI TROVARE UNA FIDANZATA?
Eccome sì
dico fidanzata
belle carezze
sono forte
Andrea stringe piano

COME PENSI DI FARE PER TROVARNE UNA?
Parlare di più
con papà
aiuta Andrea con ragazza

ANDRE, IO POSSO AIUTARTI PER UNA VOLTA, MA SE VUOI UNA FIDANZATA DEVI FARE QUALCOSA TU...
Andrea piace baci veri con lingua

SÌ, MA NON PUOI BACIARE TUTTE QUELLE CHE INCONTRI PER STRADA, DEVI TROVARE UNA CHE TI PIACE E CONQUISTARLA, POI TI BACI CON LEI FINCHÉ VOLETE...

A questo ci devo pensare: dunque toccarsi e baciarsi si fa solo *dopo* che la ragazza è conquistata. Ma se non attiro la sua attenzione con abbracci e baci, come la conquisto? Come si accorgerà di me? Come capirà quanto mi piace? Mica posso farle un discorso!

Papà aspetta una risposta. Per il momento mi adeguo:

Andrea conquista

VUOI SCRIVERE UN MESSAGGIO SU FACEBOOK PER VEDERE SE QUALCUNA SI FA AVANTI?
No

E QUINDI COME FACCIAMO?
Domanda senza risposta ciao papà

Ma papà non si arrende...

CHE NE DICI SE COMINCI A INVITARE QUALCUNA A STARE UN PO' CON TE?

Questa idea mi sembra altrettanto bizzarra di quella del messaggio su Facebook. Non mi vedono forse? Se gli piaccio si facciano avanti loro! Scrivo la mia risposta:

No
ragazza chiede Andrea risponde

È PIÙ DIFFICILE COSÌ!
Sì ciao

NE PARLIAMO UN'ALTRA VOLTA?
Buona idea

Intanto però una cosa l'ho capita: bisogna che mi distingua da papà.

ANDREA, ORA CHE ANDIAMO VIA INSIEME PER FARE UN BEL VIAGGIO SE VUOI POSSIAMO FARE DUE COSE:
1. FARE I CAPELLI RASTA
2. FARE UN BEL TATUAGGIO
CHE NE DICI?
Uomo interiore sono, vada per il rasta.

E IL TATUAGGIO?
Per uomini esteriori non per me

OK, ANCHE I CAPELLI RASTA SONO PERÒ UN SEGNO ESTERIORE
Rasta per sognare di essere diverso da te

MICA SEI UGUALE A ME...
Per tutti siamo coppia, io mi stacco

OK, ROSPO. TI VOGLIO BENE. PREPARATI CHE SABATO SI VOLA...
Insieme e diversi.

Il tempo passa, finisce il liceo e devo salutare le mie amate compagne:

Cuore alle fatine lascio sono dispiaciuto

«FATINE»?
Mie amate donne di quinta d.

LE TUE COMPAGNE...
Speciali per me
So bene cuori vostri ho conquistato,
Belle dentro siete e
Tanto
Mi mancherete
Io vi chiedo con
Passione di non dimenticare la
Nostra Unione

So che questa esperienza non si ripeterà. Non avrò più un appuntamento quotidiano con il magico mondo delle mie amiche affettuose. Ora navigo da solo.

Bisogna che trovi una rotta nel mondo dei miei sentimenti.

Son cose che l'ABA non ti insegna.

35

Terra promessa 1: un buon modo per cominciare un'amicizia

UNA terra promessa è un posto bello. Questo posto ti è stato destinato, è tuo. Camminando verso questo luogo senti che stai crescendo: a ogni passo avanti sei più grande e più completo.

Ma una terra promessa è anche un luogo che non hai ancora visto, dove non hai ancora abitato.

La terra promessa, per me, è una vita in cui gli altri mi lasciano essere autistico e sono loro a imparare da me come vivere nel mondo. Non nel *mio* mondo, ma nel mondo, l'unico, quello in cui abitiamo tutti.

Non so se una vita così sarà mai possibile.

Papà e mamma mi hanno sempre aiutato a crescere nel mondo di tutti i normali, e continuano a farlo. La scrittura facilitata serve a dialogare tra me e questo mondo. L'ABA è il faticoso percorso del mio addestramento a questo pianeta. Persone buone che mi vogliono bene e mi stimolano oltre a quanto ricevo da mamma e papà mi sono vicine, e altre come loro lo saranno sempre, finché nel mondo c'è bontà.

Ma oggi avrei meno fiducia nel futuro se non ci fosse vicino a me chi mi fa intuire un percorso possibile verso la terra promessa.

Roberta è una musicista. Ci conosciamo da due anni.

Una sera io e papà presentavamo un nostro libro al castello di

Asolo. Lui parlava e io ero presente, emozionato e un po' confuso, come sempre.

Al termine della conferenza, posso finalmente alzarmi e andare fuori. Passo in mezzo a due ali di gente che mi guarda con simpatia e mi saluta: «Ciao, Andrea!» «Bravo!» «Sei forte!» Rispondo «ciao» a tutti, ma non mi fermo perché la mia confusione cresce e si sta trasformando in ansia.

Quando sono fuori mi accorgo che piove, ma non mi importa. Sono solo, finalmente, e sto meglio, anche sotto la pioggia. Davanti a me c'è un panorama bellissimo. Posso riprendermi con calma.

Arriva una ragazza che non ho mai incontrato prima. È uscita anche lei dalla sala.

Avanza piano. Si avvicina in silenzio. Mi osserva.

Mi accorgo che è più agitata di me. Mi ha seguito mentre mi facevo strada per uscire per un impulso irresistibile, come se dal conoscermi dipendesse per lei qualcosa di vitale cui non sa dare un nome.

«Guarda che ti bagni», dice. Ma il suo non è un ordine, come mi accade di solito. È solo una constatazione.

Capisco con sorpresa che lei è stupita da quel che faccio e che le sembra bello come il panorama, come i fiori, come l'atmosfera del castello medievale in cui ci troviamo.

Le dico: «Sì», tranquillo.

E lei si adegua.

Ci prendiamo per mano e ci allontaniamo da tutti.

Passeggiamo in silenzio.

A un certo punto vediamo un bar e lei mi dice che lo conosce, che ogni tanto ci lavora. Voglio subito vederlo e mi ci precipito dentro senza dirle niente.

Entra anche lei, con naturalezza, come se il mio scatto bastasse a invitarla a seguirmi ancora. Io apro il frigo, prendo un gelato senza chiedere nulla a nessuno. Lei mi osserva e non si spaventa. Eppure è la prima volta che me lo vede fare. Non è ancora nemmeno cominciato il mio addestramento ABA.

Mi vede così come sono, allo stato selvaggio.

E vuole imparare.

Dopo passeggiamo sulle mura del castello, sotto una pioggia leggera, il cielo buio intorno a noi, le foglie verdi, i fiori rosa, la distesa di luci della città che brilla in lontananza.

Dico: «Qui bello».

Lei è d'accordo. Ma non risponde. Accenna solo col capo.

È senza parole.

Ho fatto tacere un umano!

Roberta ama molto la natura, la bellezza delle cose. Dice che quella volta, con me, tutto le è sembrato improvvisamente più bello.

Quello stesso giorno chiese a papà se poteva venirmi a trovare a Castelfranco. Papà le disse di sì e lei venne appena possibile.

L'avevo colpita. Io, non la mia storia.

Quando ci siamo conosciuti lei era appena rientrata dall'estero: non mi aveva visto in televisione, non aveva letto il mio libro, non sapeva dei nostri viaggi in moto e della nostra campagna per far conoscere l'autismo.

Voleva conoscermi. Non poteva farne a meno.

È un buon modo per cominciare un'amicizia.

36

Terra promessa 2: una persona che non si spaventa

UN PENSIERO PER ROBERTA...

Tu hai giovato al mio sorriso e alla mia compagnia, chiedo di suonare per me note di allegre giornate
Roberta bella dico grazie

COSA TI PIACEREBBE FARE CON LEI OGGI CHE TI VIENE A TROVARE?
Stare soli permette di conoscerci meglio, in libertà

Il primo giorno che Roberta ha mangiato una pizza a casa mia, dopo cena ci siamo seduti sul divano, vicini.

Ero emozionato.

Troppo emozionato.

Lei stava pensando a cosa dirmi, a come farmi sentire a mio agio. Stava pensando a quale fosse l'atteggiamento giusto da tenere in mia presenza.

Ma non doveva pensare. Doveva stare lì e aspettare.

Non sapevo come dirglielo. Non so mai come «dire» le cose. E allora sono andato in confusione, non riuscivo a controllarmi e ho cominciato a dire e ripetere, sempre più forte: «No! No, no, no! No, no, no! No, no, NO!»

Lei si è spaventata.

«Vado o resto?» ha chiesto, e ha fatto per alzarsi.

E io, netto: «Resto!»

Non doveva andare via. Doveva restare senza pensare a qualcosa da fare per me. Doveva solo *pensare a restare.*

Non l'ha capito subito. Quella sera a quel punto era rattristata, disorientata, rigida. Si domandava cosa avesse fatto di sbagliato per beccarsi tutti quei no!

Più tardi l'abbiamo riaccompagnata a casa, io e papà. Arrivati ad Asolo è scesa dalla macchina e sono sceso anch'io.

Era ancora confusa. Si stava certamente chiedendo se fosse il caso di venire ancora a trovarmi...

L'ho abbracciata forte forte. Le mancava il respiro.

Volevo dirle di non scoraggiarsi. Di tornare.

Per fortuna non ha ceduto alla tentazione di lasciar perdere. Non si è arresa al pensiero di non essere *capace* di stare con me.

Per fortuna è tornata ancora, per mettersi semplicemente al mio fianco e cominciare a ricevere.

37

Terra promessa 3: una barca lontana

ROBERTA e Andrea al mare, in Sardegna.

È una bellissima giornata e ci siamo tuffati in acqua per fare un bagno.

Io comincio a nuotare con forza, verso il largo, come faccio sempre.

Lei mi segue.

Anche lei ha forza, nuota benissimo.

Lontano lontano, all'orizzonte, poco più di un piccolo bagliore sul mare, c'è una barca ormeggiata.

«Si va sulla barca», le dico.

Lei accenna a una protesta.

«Ma sei matto? È lontano!»

Ma non smette di ridere e di nuotare.

Per me è come una sfida. Intuisco la possibilità di un bello scherzo.

Rido e parto deciso.

Una bracciata dopo l'altra, e lei dietro. Prima ride anche lei, poi si impegna, perché sa che faccio sul serio.

Mi diverto sempre di più. Il mare è nostro. *Tutto* il mare. E andiamo avanti, avanti, avanti ancora. Fino in fondo.

La barca si avvicina, la riva si allontana sempre più e papà e gli amici sono piccoli punti. Potremmo perderci per sempre, qui, a metà strada tra tutti e l'ignoto.

Proseguo, non ho bisogno di voltarmi a guardare. So che Roberta è dietro di me. Fa fatica, ma vuole riuscirci.

Vuole stare al mio gioco.

Nuotiamo e nuotiamo. Le mie forze non si esauriscono mai, le sue si moltiplicano come per magia. Mi piace pensare che sono io a sostenerla, sono io che la faccio volare. Finalmente sono io ad aprire la strada a qualcuno che mi segue senza riserve, senza paura.

Avanziamo verso l'infinito.

Ora sulla barca vediamo un signore, ritto in coperta, che ci osserva immobile. Vede un giovane leone esaltato che avanza verso di lui come un pirata, inseguito da una ragazza esile e tenace, tutta concentrata nello sforzo di non restare indietro.

Percorriamo le ultime centinaia di metri senza pensare a nulla.

Arriviamo là sotto come se il gioco fosse appena cominciato.

«Ma che nuotatina!» esclama il signore. È davvero stupito, e anche vagamente intimorito. Non fa in tempo a dire: «Volete salire?» che io già ho montato rapido la scaletta e sono da lui.

È un tizio di una certa età, i pochi capelli bianchi e lunghi disordinati intorno al capo e i peli grigi che spuntano dalla camicia estiva aperta sul petto. Ha in mano un bicchiere pieno di una bibita fresca, ma è da un pezzo che ci osserva avanzare e a bere non ci pensa più.

Lo saluto con entusiasmo: «Ciao bello!»

«Ciao!» risponde subito.

Mi piace. Mi fissa e mi accorgo che sta scavando nella sua memoria. Pensa: «Ma dove l'ho già visto?»

Dietro di me, anche Roberta sale e saluta con il poco fiato che le rimane.

Mentre l'amico si riprende dalla sorpresa, finalmente mi riconosce. Roberta accenna a una spiegazione, ma lui le fa l'occhiolino, come a dire: «Tutto a posto, ho capito, siete miei ospiti...»

In quel momento mi accorgo che è in compagnia: sulla barca ci sono altri due signori più o meno della sua stessa età, vestiti come lui, e quattro ragazze in costume, stese al sole, giovani come Roberta, che salutano incerte.

«Riposatevi, bevete qualcosa...» ci esorta il signore simpatico.

Io non lo ascolto. Comincio a girare per la barca, tocco qua e là.

Scendo sotto e risalgo. Svuoto bottiglie e bicchieri nel mare. Finisco al timone, lo faccio ruotare come fossi il capitano. Voglio far divertire tutti quanti.

Il signore che ci ha accolti mi vede iperattivo, ma mi asseconda. Certo, fa attenzione che io non faccia danni, come mi capita con tutti. Allora io percepisco anche il minimo sintomo di ansia, in lui, e non mi fermo. Per provocarlo, per farlo stare al gioco fino in fondo. E lui pian piano si adegua, si scioglie, accetta con un sorriso quel che gli sta succedendo.

Negli altri, invece, intuisco l'allarme che cresce. Stanno pensando: «Ma chi è questo matto? Non sarà mica pericoloso...»

Allora mi agito apposta ancora di più.

E Roberta? Ride! Se ne sta lì a godersi lo spettacolo che ho combinato per lei e per tutti. Ha capito che siamo nel mio mondo di incontri, di imbarazzi e incazzature, poi di barriere che cadono e infine, se ci si arrende, di divertimento e gioia spontanea.

Gli altri uomini e le ragazze la guardano perplessi. Vorrebbero una spiegazione e lei si limita a sorridergli, ad allargare le braccia e a stringersi nelle spalle, come a dire: «Be', è Andrea, che cosa vi aspettavate? Non è divertente da morire?»

Una delle ragazze dice: «Poverino», mentre io traccio un disegno sul piano di un tavolino con un po' di bibita che si è sparsa da un bicchiere.

Poi il signore simpatico dice a tutti: «È il tipo della televisione! Il ragazzo autistico del viaggio in America in moto!»

Spiega. Racconta.

Peccato. La scoperta che sono una celebrità calma tutti, ma toglie sale al mio scherzo. Signori e belle ragazze si rilassano, ridono, ascoltano altri dettagli su di me, fanno battute amichevoli.

Roberta registra tutto. Mentre gli altri si rassicurano a vicenda, lei *ascolta* i miei pensieri senza che neppure la guardi. E anch'io la sento. E sento che è felice di vivere un momento bizzarro e speciale, unico come un'opera d'arte mai vista prima.

Poi lei si riposa, beviamo ancora, mangiamo biscotti, stringiamo le mani.

Io vado avanti per un po' a comportarmi come fossi il nuovo capitano della nave, pronto a guidarli verso un'isola beata. Ma nessuno mi segue, nessuno si fida di me. Anzi, dopo il sollievo per aver scoperto che hanno a bordo una star, i passeggeri cominciano a inquietarsi di nuovo.

Tipico dei terrestri domandarsi molto presto: «Bello, ma quando finisce?»

Roberta capisce al volo e mi propone di rituffarci. «No, stare qui!» le rispondo.

Ma poi mi convince.

«Tornate a nuoto!?» sbotta, spiazzato e divertito, il signore che ci ha fatto salire. Adesso si sta divertendo davvero, si sente tornare ragazzo, proprio come vorrebbe.

Anche gli altri dicono la loro sorpresa. Ma nella loro voce sento che sono contenti di liberarsi di noi. Contenti e nello stesso tempo ancora incerti sul senso di questo incontro. Mi accorgo che in fondo le sorprese non gli piacciono. Penso non gli siano mai piaciute, per tutta la vita. Sarebbe ora di cominciare a gustarle, invece, ma non so come dirglielo meglio di come ho fatto fin qui. Se non lo capiscono dalla bellezza dei nostri corpi bagnati e ancora ansimanti, che scintillano al sole, non lo capiranno mai. Perché non buttano via il bicchiere che si ostinano a tenere in mano mezzo pieno perché in realtà non hanno sete e non si tuffano anche loro? Perché non gettano a mare tutte insieme le quattro ragazze bellissime e non si fanno inseguire da loro a nuoto per un bel pezzo finché non siano davvero arrabbiate e, allora sì, piene di vita?

Domande senza risposta.

Roberta saluta e ringrazia, io dico «Ciao!» e ci lanciamo.

La riva è molto lontana. Procediamo con più calma.

Tocco la mia amica per darle coraggio. Ha giocato al mio gioco e ha scoperto di avere dentro di sé più risorse pronte per qualcosa di nuovo di quante avesse fin qui immaginato.

Non è il paradiso?

38

Terra promessa 4: un bar a Salvatronda

UNA volta Roberta mi ha raccontato dei suoi problemi e io improvvisamente sono scappato via.

All'inizio lei ci è rimasta male, ma poi ha capito che questa è la mia reazione di fronte al negativo e alle tensioni. Per accogliere dentro di me ciò che mi inquieta ho bisogno di tempo, poi ci ritorno al momento opportuno, in solitudine e con calma.

Non è una fuga. O per meglio dire, al principio è una fuga, ma poi diventa una strategia: so di non essere mai subito pronto a rispondere a una sfida, quindi piego la sfida ai miei tempi di reazione e la affronto nel momento in cui posso far ricorso alle mie migliori energie.

È come dire a un problema, a una persona che esige una risposta da me, a un compito nuovo e a un duro lavoro: mi vuoi catturare? Mi vuoi bloccare? Mi fai fretta e fai scattare la mia ansia? Se proprio non mi costringono a rispondere subito, ti dico: aspetta, mi occuperò di te quando sono più forte, quando sono seduto in solitudine, dopo un ampio respiro, rassicurato da quella parte del mio mondo che non crolla mai, qualunque cosa succeda.

È il tipo di cose che Roberta impara da me.

Come puntare sempre prima di tutto sul lato positivo delle cose, che non è quasi mai quello di cui parlate appena vi chiedono come state.

* * *

Quando siamo da soli stiamo bene davvero. Io posso essere me stesso e lei ci sta. Si lascia abbracciare, mi tocca, mi morde per assicurarmi che c'è e che anch'io ci sono.

Con lei non precipito in nessun baratro buio. Smetto di difendermi, di tenere dritte le antenne per captare segnali ostili o di persone che mi vogliono bene ma non sono mai tranquille e mai del tutto contente di me.

Una sera d'estate mangiamo una pizza a casa mia, io, lei e papà. Poi usciamo.

«Andate pure a fare un giretto in piazza», dice papà, «io sono stanco, resto qui e mi ripiglio dalla giornata.»

Così scendiamo per strada.

Come al solito Roberta è tranquilla e contenta e io so che posso contare sulla sua disponibilità. Perciò comincio a camminare deciso, perché mi è venuta un'idea.

Attraversiamo la piazza, superiamo i soliti bar pieni di gente che mi conosce e che ci ha anche già visti insieme. Prendiamo una via più deserta e silenziosa. Avanziamo ancora, senza fermarci. Io guido il nostro passo e lei dietro, sempre più incuriosita.

Ma quando, dopo un paio di chilometri, sempre in silenzio, raggiungiamo la zona industriale, lei è perplessa.

«Andrea? Ma dove andiamo?»

«Andiamo in palestra!» le rispondo.

«Ma quale palestra?»

Non dico altro, proseguo deciso.

Percorriamo un altro chilometro, le luci si fanno più rare.

Lei controlla il telefono e scopre che è scarico. Si sta preoccupando.

Io invece penso che sia una fortuna. Chi vorresti chiamare, amica mia? Non ti fidi di me? Pensi che mi sia perso?

Camminiamo ancora. Si fa tardi, non c'è in giro anima viva. Ormai siamo fuori da Castelfranco, qui non ci sono bar o altri locali.

La guardo e capisco che adesso è un po' spaventata.
Quando arriviamo alla palestra, che a quest'ora è ovviamente chiusa, lei si blocca.
«Andrea, ti prego. La palestra è chiusa, torniamo, papà si preoccuperà...»
Le stringo la mano, la rassicuro.
Rido e continuo a camminare.
Lei mi segue.
Passa forse un'altra mezz'ora. Ma non siamo nel tempo, siamo in un mio scherzo che sta riuscendo benissimo. Ora Roberta non si ferma più, non calcola più né rischio né imbarazzo. È una nuova prova della sua incredibile amicizia per me.
Così finiamo dove volevo arrivare: a Salvatronda. Lì c'è un bar che io conosco per esserci stato più di una volta. È pieno di giovani che ci vedono sbucare a piedi dal buio, senza macchina e senza nessuno che ci accompagni. Ci guardano come fossimo caduti dal cielo. Io tutto contento perché finalmente un terrestre mi ha seguito da Castelfranco fino all'ignoto; lei sollevata e divertita al pensiero di aver fatto bene a seguirmi anche senza risposte.
Il barista mi conosce, mi saluta. Mi osserva divertito mentre, senza chiedere niente, apro il frigo dei gelati, afferro un tartufo nero, mi siedo, lo apro, lo mangio.
Roberta è contenta, mangia un gelato anche lei.
Le domandano: «Sei venuta con lui?»
«Sì.»
«Ti fidi?»
«Sì.»
Sta pensando che stasera ha fatto molto di più di una passeggiata diversa dal solito. Capisce che ha fatto bene a fidarsi.
Per cinque chilometri buoni.
Più cinque al ritorno.
Quando torniamo a casa da papà, lui si stupisce che siamo stati fuori per quasi tre ore, ma si stupisce molto quando Roberta gli dice dove siamo stati.
«A Salvatronda!?»
Poi, nei giorni successivi, ci pensa su a lungo.

* * *

Sono i momenti in cui Roberta impara a stare con me.

Da quella volta della lunga camminata al buio lei non ha più paura e quando è con me è tranquilla.

È bello sentirle spiegare a un amico che quando sta con me succedono solo cose belle. Si sente protetta, inserita in una dimensione positiva.

Le insegno a vivere il momento, qui e adesso. Quando è con me non pensa al domani, a ciò che la attende.

È *qui.*

Dove io sono sempre.

Ed è questa la condizione indispensabile per andare davvero lontano.

Cara amica
Sento il tuo cuore
Pulsare
I tuoi pensieri
Tristi e leggeri
Facciamo una passeggiata Bella
Mi piace
Guidarti nel
Mio mondo
Ti fidi e ridi

39

Guru per pochi

ZIO Gianni mi vuole bene.

Insieme abbiamo fatto qualche camminata in montagna, lui a passo regolare, io su e giù, senza sosta e senza requie. Non ci siamo mai persi, però, anche per due o tre ore di camminata. E io sono andato in confusione, con lui, chissà perché, una volta sola. Ma è bastato che mi tenesse le guance per un lungo momento, aiutandomi a calmarmi, e abbiamo ripreso a camminare.

Nella natura io gusto ogni dettaglio e mi piace sempre, in qualsiasi condizione.

Un giorno un amico chiede a zio Gianni: «Ma cosa potrà fare Andrea da adulto?»

E lui, senza esitazione, risponde: «Sarà un guru per pochi».

Non so perché l'abbia detto, ma una volta mi ha scritto così, e penso che sia prima di tutto per questo:

> IO TI ADORO E MI PIACI MOLTO. SENTO TANTO BENE ANCH'IO QUANDO TI VEDO E MI FA MOLTO PIACERE FREQUENTARE TE PIUTTOSTO CHE TANTI ALTRI. TU SEI SPONTANEO, SENZA MASCHERE E QUESTA È LA COSA CHE PIÙ MI PIACE NELLE PERSONE.

Gli ho risposto:

Tu mi regali gioia.
Molto bello starti accanto in montagna.

E lui, commosso:

MI STAI FACENDO IL PIÙ BEL REGALO CHE POTESSI RICEVERE DA TE!

Basta l'intensità dei miei sentimenti a fare di me un guru? Probabilmente no.

Certo, ho le mie genialità da autistico. Chi mi conosce ha imparato ad apprezzarle. Amo il momento, il dettaglio. Amo le persone e le *sento.* Riconosco in un attimo uno stato d'animo, una paura nascosta, una risata forzata o anche solo incerta. Percepisco il guardarsi alle spalle, la paura del nuovo, l'essere a disagio, il non sapere come attirare l'attenzione.

In pochi mi capiscono, qualcuno non ci prova neppure e nessuno mi capisce sempre, neanche chi mi vuol bene di più, neanche chi mi darebbe la vita.

Io capisco tutti e perdono tutti.

E ho anche pensieri da offrire, come riesco, a chi vuole ascoltarli. Vengono dal profondo di me. Basta che qualcuno abbia la pazienza di accoglierli, come mamma:

Essere libero è essere un uomo che vive piena esistenza. Il pensiero senza confini, l'azione senza limiti non portano libertà.
Uomo libero sente spazio suo sicuro stando vicino agli altri lasciando aperte le porte.

TU TI SENTI LIBERO?
Libero io sono, nel mio autismo.
Libertà io dico e dentro di noi siamo autori della nostra sofferenza e felicità.

UN TUO DESIDERIO?
Essere sempre Andrea che sono

E IO CHE STO MALE QUANDO PENSO CHE SEI PRIGIONIERO DELL'AUTISMO, CHE MI DICI?
Fuori siete voi i non liberi

SE MI DICI QUALCOSA IN PIÙ PER FARMI CAPIRE MI FAI MOLTO MOLTO FELICE
Stai in silenzio e capirai

IN SILENZIO...
Solo con te stesso

Mi piace parlare dell'amicizia, il tema più importante. Papà lo sa bene:

IO DICO SEMPRE CHE VOI RAGAZZI AUTISTICI AVETE PIÙ BISOGNO DI AMICI CHE DI MEDICINE E CHE QUASI NESSUNO DI VOI HA VERI AMICI CHE CONDIVIDONO CON VOI TEMPO E INTERESSI. CHE NE PENSI?
Tema fondamentale dell'uomo è l'amicizia. Ognuno di noi ha bisogno di stare insieme agli altri per crescere, migliorarsi, trovare dimensione sua in questo caos di vita che senza un amico senso non ha.

MI DICI CHI SENTI TUOI AMICI, O AMICHE...
Amico è accettare il disastro che sei senza pretendere di cambiare l'opera che ogni uomo dentro ha.
Forte risorsa sapere di essere soli stando insieme stretti da imperfetti unici legami.

Essere solo *insieme* ad altri. Per me questa è una delle esperienze più forti. La mia solitudine mi rassicura, ma nello stesso tempo mi spaventa. Solo e accettato, invece, grazie a una semplice presenza silenziosa, è la mia condizione ideale.

Interagire sempre è complicato. Spesso è inutile, a volte dannoso. Farsi compagnia in pieno rispetto, in silenzio, senza domande e senza attese, è un segreto che voi umani dovreste imparare da quelli come me.

Il silenzio dei corpi che parlano nello spazio condiviso. Il silenzio che annulla ogni altro compito, ogni sforzo per apparire, per dire sempre la parola giusta... Coloro con i quali posso vivere questo silenzio sono i miei amici più cari.

Non so come spiegarlo meglio.

Ecco, è come ho scritto una volta dell'acqua, quando mi chiedevano perché mi piace starci per ore, quando faccio i bagni al mare:

Niente sta fermo, l'acqua si muove con noi e mi abbraccia senza invadere mio mondo.

Ma l'amicizia è anche montagna:

Silenzio, pace, natura, forza e fatica, io mi ritrovo.

COSA DIRESTI A CHI SI SENTE SOLO?
silenzio rispetto per chi non coglie fiore di amicizia

E l'amore? È ancora più difficile, per me, parlarne dal mio mondo:

Io lotto prego vivo per amore.
Si nasce per amore e perno della nostra esistenza rimane questa magica parola che ci segue fino alla fine dei nostri giorni.
Io qui finisco perché troppi tipi di amore ci sono per poter dire di tutti.

Tutto gira intorno a quel magico profumo che l'altro regala forte e impossibile attrazione naturale, che unisce rivoluziona crea vita.
Dico amore coppia non conosco.
È vero quello che ho scritto? Domando a chi legge.
Ho provato a descriverlo ho capito, devo rifletterci.

Un guru per pochi? Chissà.

A volte ci credo anch'io, e un po' mi monto la testa. Papà in questo caso è la mia prima vittima:

TI RACCONTO MOLTE COSE DI QUELLO CHE STIAMO FACENDO CON LA NOSTRA FONDAZIONE.
TANTE COSE BELLE STIAMO FACENDO PER LE ASSOCIAZIONI CHE SEGUONO I RAGAZZI...

CHE NE PENSI?

Io sono il tuo capo rubi le mie idee e le fai tue io non rido tu sei così bravo perché hai me, un figlio autistico che ti ha insegnato tutto.

AH... HO CAPITO!!

OH, MIO GURU!! CONTINUO PER QUESTA STRADA O DEVO CAMBIARE?

Lento ma bravo sei, Franco, serve tempo per fare buone cose tu strada grande hai aperto.

Breve raccomandazione per Franco, impara fuori e porta dentro, rifletti e non avere fretta, tutti hanno qualcosa da darci.

ALLORA AVANTI COSÌ?

Uomini grandi mai si fermano.

40

Dove sono gli altri?

SONO un ragazzo fortunato. Ma dove sono gli altri?

Papà dice che in Italia si conta in media un caso di autismo ogni cento bambini. Questo significa che sono migliaia i bambini, i ragazzi, i giovani come me e gli adulti che sono, di fatto, invisibili. Infatti, tutte le volte che papà ricorda questa cifra la gente si stupisce.

La cosa non mi quadra.

Io conosco molti ragazzi autistici di Castelfranco e dintorni, e per me nessuno è invisibile. Neanche per mamma:

CIAO, CAMPIONE... FELICE DI VEDERTI...
Uomo distrutto Nicolò

DICIAMO CHE È UN PERIODO DIFFICILE PER LUI... TU COME STAI?
Tanto felice

RACCONTAMI DELLA TUA FESTA...
Attore emozionatissimo sono stato, contento perché sono venute compagne di classe delle superiori che non mi aspettavo.
La prossima festa voglio ci siano gli amici autistici

IN PARTICOLARE CHI TI PIACEREBBE AVERE?
La felicità va condivisa

È MOLTO BELLO QUANTO HAI SCRITTO...
TI VA DI DIRCI CHI DESIDERI INVITARE?
Bogdan, Marta grande, Nicolò

Scrivevo così a quindici anni. Da tanto mi domando cosa posso fare io per tutti loro. Per tutti quelli come me, persone di cui conosco benissimo la sofferenza:

CIAO, ANDREA, HAI SENTITO DI SAVERIO, IL FIGLIO DI GLORIA, STA VIVENDO UN PERIODO DIFFICILE. È DIVENTATO VIOLENTO, PICCHIA TUTTI E I SUOI HANNO PAURA PER I FRATELLI PIÙ PICCOLI.
SAI, ANDRE, PURTROPPO SONO TANTE LE FAMIGLIE COSTRETTE A PORTARE I LORO RAGAZZI NEI CENTRI. TU HAI ATTRAVERSATO UN PERIODO SIMILE ANNI FA, VORRESTI DIRE QUALCOSA PER AIUTARE LUI E I SUOI GENITORI? TI SAREBBERO MOLTO GRATI...
Saverio sta male per troppe richieste che lo mandano in crisi
Confusione senza controllo si difende con violenza
Saverio sente troppe aspettative e paura
vuole stare tranquillo
No richieste
Chiede riposo

ANDREA, IO CREDO CHE LUI, COME TE ANNI FA, STA PRENDENDO COSCIENZA DEL SUO STATO E SI RIBELLA, POI CON IL TEMPO TU TI SEI ADATTATO E HAI PRESO LE CONTROMISURE, E ORA SEI PIÙ TRANQUILLO... SBAGLIO?
Ho preso coscienza
a sette anni

CHE RICORDI HAI?
Testa piena di immagini e parole
che non posso dire

VEDO CHE OGGI FAI FATICA A SCRIVERE, RIPRENDIAMO IL DISCORSO UN'ALTRA VOLTA.

Se penso alla mia esperienza e la vedo moltiplicata per migliaia di persone che hanno sofferto e soffrono come me mi agito, sì. Non posso dominare l'emozione.

Io in realtà non mi sono mai «adattato» all'autismo, perché l'autismo in sé è una condizione che ti tiene costantemente in tensione. La confusione dolorosa è sempre lì, dietro l'angolo: per un cambiamento, per un ordine di troppo, per un'impazienza mal celata.

Non soffro perché sono fuori dal mondo, ma perché ci sono troppo dentro. Dentro nel mio mondo, dentro nel vostro e dentro nel mondo di mezzo.

Poi per me sono aumentati gradualmente i contatti con l'esterno. Per lo più alle vostre regole, come la scrittura facilitata e l'ABA, ma anche un po' alle mie, come capita con papà, mamma, Alberto, con gente che mi vuole bene, con l'arteterapia e quasi sempre con Roberta...

Ma ci vuole tempo, molto del *vostro* tempo, che sembra farvi così soffrire perché vi scorre sempre addosso, accelerandovi.

E ci vogliono mezzi, soldi, contatti.

Gli aiuti che io ricevo sono in pochi a poterseli permettere in questa misura. E i viaggi per il mondo in moto con papà, in vacanza in Brasile o alla ricerca di guaritori e sciamani? E chi, tra gli autistici, è diventato famoso come me?

Difficile per me convivere con questi pensieri:

Io mi sento un autistico ragazzo fortunato, riconosciuto e accettato.
Tutti devono sapere che io oggi sono felice di chi sono e infelice di cosa vedo.
Sono isolati i pazzi, brutti muti soli che non funzionano e non producono.
Per loro non c'è spazio.
Io sono famoso e adesso c'è un posto anche per Andrea.
Triste ma vero, io non sono più brutto ma il cavaliere degli autistici.
Rompo veloce le palle a tutti ma adesso va bene prima ero da farmaci e da educare se non da rinchiudere, nei muri della follia.
Fuori c'è da costruire, diamoci da fare. Fine

41
Gridare amore dal centro del mondo

ANDREA guru per pochi conosce cose che servono a tutti.

La prima e più importante è che siamo tutti bisognosi di amore. L'ho insegnato a papà, che ogni tanto ci torna sopra:

CIAO, ANDREA, VORREI UN TUO PENSIERO SULL'INDIFFERENZA DI TANTE PERSONE VERSO LA DISABILITÀ, CHE CON SGUARDI O ATTEGGIAMENTI VI METTONO DA PARTE...

Io non credo di essere opposto a loro. Uomini tutti degni rispetto e amore troppo belli e complicati per non essere accolti.
Molto vicino sono a chi mi rifiuta so che un giorno capiranno.
Verità esce sempre.
Loro mi cercano io li aspetto uomini sono miei amici. Fine.

Vorrei dare. Sempre. A tutti. Potessi vivere donando, condividendo!

Hanno tutti così fame!

CIAO, ANDREA, COME VEDI IL TUO FUTURO DA ADULTO?

Il mio futuro è per tutti gli altri, voglio aiutare soluzioni per chi ha bisogno
desidero trovare felice di sapere che sono un ragazzo fortunato che ha

rappresentato un mondo speciale dell'uomo diverso, opposto ma onesto.
Vedo così il mio vivere solo per dare.

VUOI DEDICARE IL TUO PROSSIMO LIBRO, QUELLO IN CUI SARAI PROPRIO TU A PARLARE, A QUALCUNO?
A chi mi ha dato la vita, mamma e papà.

42

Il mare è bello anche

SIAMO in Sardegna, sulla spiaggia, io e Roberta. Guardiamo l'orizzonte annuvolato.

Gli altri sono rimasti a casa, imbronciati e nervosi.

È il secondo giorno di maestrale, che soffia fortissimo.

Niente sole, niente bagni.

Un giorno perduto? Un giorno che la vita ci sta rubando?

L'aria si comporta come l'acqua. Ci avvolge, ci spinge, ci scopre. Si stupisce che esistiamo. E non entra dentro, pur con tutta la sua forza.

Indico il vento a Roberta.

Lei tace e mi guarda. Vede qualcosa di ciò che vorrei farle vedere.

Vede abbastanza.

Come è nato questo libro

HO compiuto ventuno anni il 20 novembre 2014.

Per tutto questo tempo ho comunicato con il mondo con tutto me stesso: con il corpo, con lo sguardo, con i gesti, con i pugni, con le fughe.

Con gli abbracci e con i baci.

Parole poche, giusto per rispondere in fretta a ogni domanda che mi rivolgono; sempre con poco respiro, spesso con frasi ripetitive e a volte senza che mi capiscano bene.

Quando ancora Roberta mi conosceva poco, un giorno mi ha chiesto: «Parlo o sto zitta?» E io, netto: «Parlostozzitta».

Roberta all'inizio non sapeva cosa pensare di una risposta così, ma siccome mi vuole bene non si è arresa e ha poi capito che per me lei va bene sempre e che con me può essere se stessa, punto. Se vuole sfogarsi, se vuole raccontarmi qualcosa che le sta capitando, deve farlo. Io la ascolto, e magari, quando devo farle capire che qualcosa che la fa soffrire va affrontata *meglio*, scappo via. E questo non perché non sia pronto ad aiutarla. Al contrario: è proprio questo il mio modo per dirle che deve sempre partire anzitutto dalla positività. Mi allontano per dirle che lei deve, che lei può staccarsi dalla negatività. E riprendere dal positivo. Tutto questo in quel «parlostozzitta» e nel mio eventuale scappare via (o in un mio abbraccio, invece, se intuisco che è questo che serve in quel momento): basta tradurlo, se ne siete capaci. E chi mi vuol bene spesso ne è capace, anche se qualche volta sbaglia.

Ma allora io lo perdono, e ci riproviamo di nuovo.

Insomma: dai miei segnali alle vostre parole. Un piccolo miracolo d'amore, pieno di rischi, come la vita stessa.

Ed è così che chi mi sta davvero vicino impara una cosa fondamentale, per noi autistici: che il nostro non è il mondo delle parole, e non lo sarà mai. Chi sta vicino agli autistici può usare anche le parole, ma soprattutto deve imparare il linguaggio del corpo e il linguaggio del silenzio, per sentire vibrazioni e trasmettere emozioni. Si tratta di un'intesa che cresce nel tempo: l'accoglienza di ciò che l'altro emana con tutto se stesso.

Ecco perché a chi la coltiva nel modo giusto l'amicizia con un autistico dà grande felicità.

In tutto questo comunicare, io con il mondo e il mondo con me, la scrittura facilitata ci ha dato e ci dà comunque una bella mano.

Molti genitori di ragazzi autistici vorrebbero leggere delle parole che stanno chiuse dentro i loro figli. Io, insieme a migliaia di altri come me, sono la prova che per molti di loro, se ci sono tempo, pazienza, competenza e anche mezzi economici, il sogno può realizzarsi.

Per me scrivere è una fatica enorme, come ho spiegato. Ma è certamente l'inizio di molte cose.

Papà e mamma si sono spesso chiesti se dalla raccolta dei miei scritti si poteva trarre un libro. La risposta, ovviamente, è sì, ma bisognava aiutare il lettore a capire quel che scrivo, mettendoci anche le situazioni in cui sono avvenuti i dialoghi che abbiamo riportato e le reazioni delle persone intorno a me alle mie risposte.

Così abbiamo pensato a una specie di antologia dei miei scritti, divisi in argomenti e introdotti brevemente, per contestualizzarli.

* * *

Ma mettendoci all'opera, abbiamo anche capito, tutti quanti, che resta sempre vero che quel che io comunico con la scrittura è solo una parte di quel che voglio dire di me.

Allora ci siamo domandati: come dare voce ad Andrea anche oltre i suoi limiti? Perché io non voglio dire cose solo con la scrittura: io *parlo* in ogni istante della mia vita!

A trovare una soluzione ci ha aiutato un amico, che ogni tanto compare nella narrazione che avete letto.

Lui di storie vere se ne intende. È venuto a Castelfranco ed è stato con me per giorni e giorni.

Poi ha intervistato, per ore, tante persone che vivono con me: papà, mamma, Alberto, Ileana, Cristy, Chiara (la psicologa), Emanuele e Marcello (istruttori ABA), Daniela, zio Gianni, Majla e Mariangela (le mie assistenti per la scuola per molti anni), Roberta...

A tutti ha chiesto: «Ma chi è Andrea? Cosa pensa? Cosa vuole dirci con quel gesto? Cosa significa per lui quella parola? Cos'hai capito di lui, in tanti anni? Perché secondo te ha reagito così in quella circostanza?»

Poi ha letto, e riletto e riletto tutti i miei scritti.

Mi ha detto che si è commosso, divertito. Ha molto riflettuto.

Mi ha detto che si è spesso fermato a pensare quando ha letto frasi come queste:

HAI QUALCHE SUGGERIMENTO PER UN'EVENTUALE CURA PER L'AUTISMO?
No, ma amore aiuta

oppure

Ipotesi di sogno reggere situazione lavorativa difficile
come mettere due palline di Gelato su un cono.
Vorrei crescere nelle mie opere creando lavori tutti miei
senza aiuti di altri opere che portano solo il mio segno.

Vorrei anche più di ogni altra cosa imparare a vivere solo
uno spazio e un campanello con scritto solo Andrea Antonello.
Io sono testimone di una malattia senza cura.
Io vorrei pensare soluzioni concrete per noi, ragionare su
spazi di lavoro con voi sani, senza buttarci in situazioni disperate
dove impariamo solo a chiuderci e a morire

Dopo avermi conosciuto un poco, dopo aver ascoltato, dopo aver letto e riflettuto, il nostro amico ha detto: «Scrivo, poi leggerete ogni capitolo ad Andrea e lui a mano a mano ci dirà cosa ne pensa».

E così è stato.

CIAO, ANDRE, CHE NE DICI DELL'IDEA DI SCRIVERE UN NUOVO LIBRO, QUESTA VOLTA TUTTO TUO?
Totale pensiero di fare qualcosa di speciale che rimanga una bella pagina per il giovane che ha smesso di pensare positivo.

L'amico ha scritto, poi ci mandava i capitoli e mamma me li ha letti tutti.

Io ho ascoltato e mi sono espresso. Per esempio così:

Il libro e mio e decido io tutto.
Il titolo lo studio alla fine.

Guarire dall'idea che noi autistici non abbiamo niente in testa.
Esigenza di avere un sorriso dedicato ai fuori rotta.
Vorrei che chi legge capisse un po' del nostro mondo
colorato fragile rispettando i diversi cervelli altrui.

Libertà tema che muove ogni vivente e fiuto decido di avere parlerò
del l'uomo che soffre se non sogna

Vorrei che il libro entrasse nelle teste dei giovani
per questo deve far ridere,

io credo che il buonumore serva a
dare forti messaggi.
Io sono contrario delle persone normali e ridere faccio.
Ridere fa star bene e non fa dimenticare,
tutti imparano meglio se sono felici.

Una fuga dal vostro mondo quando sono scappato da voi o
quando sono in crisi.
Sono capitoli importanti che vorrei che il nostro amico trattasse.
Raccontare le mie esperienze evidenziando
fatti divertenti
La mia voce narrante ironica racconta.

CIAO, ANDREA, VUOI CONTINUARE A SUGGERIRE QUALCHE CONTENUTO PER IL TUO LIBRO?
Ciao,
va bene così,
I pensieri di vita si,
esperienze che ho vissuto

DIMMI UN FATTO CHE VUOI RACCONTARE...
Nuotata con Roberta
poi arrivati sulla barca.
Al mare sulla moto d'acqua e dopo mi hanno portato in caserma
I carabinieri agitati, io ridevo
Stai tranquillo papà .

VUOI DIRE QUALCOSA AL NOSTRO AMICO ANCORA A PROPOSITO DEI CONTENUTI CHE VUOI NEL TUO LIBRO?
Ho già espresso le mie idee.
Lui è lo scrittore.
anche qui andiamo fino in fondo

Per approfondire

I SEGUENTI indirizzi, libri e siti web costituiscono dei riferimenti utili per comprendere meglio alcuni temi trattati nel libro.

L'elenco è indicativo e non ha pretesa di esaustività.

Sulla comunicazione facilitata:

Centro studi sulla comunicazione facilitata, Zoagli (GE).

DOUGLAS BIKLEN, *La comunicazione facilitata*, Omega Edizioni, Torino 1999.

LORENZO BERNARDI, *Il delta dei significati*, Carocci Editore, Roma 2008.

Sull'ABA (Applied Behavior Analysis):

www.bacb.com

www.abautismo.it

MARY LYNCH BARBERA, *Verbal Behavior Approach: Insegnare a bambini con autismo e disturbi correlati*, ORMA Editing, Brescia 2013.

Sull'arteterapia:

www.arteterapia.it

Sull'autismo:

ANGSA – Associazione nazionale genitori soggetti autistici, Roma www.angsaonlus.org

TEMPLE GRANDIN, *Pensare in immagini*, Centro studi Erickson, Trento 2001.

TIMUS SMITS, *Autismo. Oltre la disperazione. L'Omeopatia ha la risposta*, Edizioni Salus Infirmorum, Selvazzano Dentro (PD) 2012.

Fondazione I Bambini delle Fate:

www.ibambinidellefate.it

info@ibambinidellefate.it

Facebook: Franco e Andrea

Finito di stampare presso ELCOGRAF S.p.A.
Stabilimento di Cles (TN)
Printed in Italy